Johannes Hucke

Iss auf, der Koch kommt!

Texte zum Essen

mit Illustrationen
von Beate Wiedemann

und extra Kinderkarte
in jedem Kapitel

LINDEMANNS

Für Bruder Schorsch,
der das kann, was wir alle gerne könnten:
richtig kochen.

Beate Wiedemann, Freiburger Malerin, Winzerin und „Meisterin der Ländlichen Hauswirtschaft", wirkt seit Mitte der 90er-Jahre auf dem international renommierten Weingut Bercher-Schmidt, das sie zu einem kulturellen Hauptanziehungspunkt im Kaiserstuhl entwickeln konnte. Im benachbarten Atelier auf dem Gehöft Seiferers sowie auf zahlreichen Ausstellungen präsentiert sie ihr vielgestaltiges Werk. Die auch kulinarisch auf höchstem Niveau vernetzte, versierte Gastgeberin stellt ihre Gäste vor das unlösbare Problem, ob sie ihre Gemälde, ihre Kochkunst, die Weine des Hauses oder ihre Lebensart am meisten bewundern sollen; die Klügsten verzichten darauf zu wählen und erfreuen sich an allem zugleich. ***www.bercher-schmidt.de***

Johannes Huckes literarische Arbeiten zeigen seit Langem eine bedenkliche Tendenz zum Kulinarischen. Legendär ist sein 1000-Seiten-Evangeliar „Cuisine Étoilée" über die Sterneküche der „Région métropolitaine trinationale du Rhin supérieur". Für das Theater schrieb er eine „Sybaritische Tetralogie", in der er die Möglichkeiten der Lukullik für die Bühne gut acht Stunden lang auslotet. Gemeinsam mit dem Maler Johannes Gervé lieferte Lindemanns Hausdichter mit „Trink aus, wir bleiben!" den Vorgängerband zu diesem vergnüglichen Almanach. Dass er Beate Wiedemann für die Illustrationen gewinnen konnte, bezeichnet der für zahlreiche Zeitungen und Zeitschriften futternde Autor als seinen größten Erfolg der letzten 55 Jahre. ***www.johannes-hucke.de***

Inhalt

Blick auf die Karte – Nichts wie rein! 11

KÜCHENGRÜSSE, AMUSE-GUEULES 21
Ewiges Präludium 23
Kinderkarte: Gagges und Katinka,
Frankfurt-Sachsenhausen 26
Böhmenmonolog 32
Provenzalische Wette 33
Der Fourageur seiner Majestät kauft Ziegenkäse 37

HORS D'ŒUVRE 41
Service à la française 43
Kinderkarte: Hefezöpfchen Hildegard,
Ein Bilderbuch zum Einbilden 46
„Wir liegen noch nicht an der Kette!"
Land- & Mühlenbäckereien, die letzten ihrer Art 53
„Mit Torte allein kommt keiner durch."
Zuzenhausen, Odenwald, Bensheim, Pfalz 55
Brottherapie nach Dr. Steffen:
Die wundertätige Bäckerei Leonhardt in Bretten 61
In der Kleinmarkthalle 64

SÜPPCHEN UND SALÄTCHEN 69
Grünschnitt mit Krutongs 71
Kinderkarte: Dreister Hunde Geisterstunde 74
„Ihr Kräuter, Membran zwischen Himmel
und Erde!“ Wildwanderungen um Wöllstein 76
Mettgeschichte 80
Fleisch ist ein Gewürz. Benjamin Peifer stellt
alles auf den Kopf. Wir besuchen ein Genie 89

PRIMI PIATTI 95
Käse zu Beginn? 97
Kinderkarte: Lied von der Freude,
ein Pomm-Fritz zu sein 100
Sächsische Klöße 102
„Vor dem Tanze noch Schmaus zu halten“
Mit Lenau in der Verrenberger Wiesenkelter 109
„Die Entwicklung ist einfach irre.“
Metzgerei Heiko Brath, Karlsruhe 113
Biss zur letzten Rübe
Schmeckt Bio wirklich besser, einfach anders
oder gar nicht? 119

MAIN DISHES 125
Bedenkenlose Fresser 127
Kinderkarte: Helene im Himmel 130
Sternenreise am Oberrhein 137

DESSERT 149
Heilsbringer 151
Kinderkarte: Duft 155
Outdoor-Autor Kolk Sibirski
auf Kochkäs-Pirsch im Odenwald 161

ZIGARRE, KAFFEE, HIMBEERWASSER 165
Impuls zur Verlängerung 167
Kinderkarte: Gagges und Katinka,
Lübeck – Travemünde 171
Das Märchen von den am goldensten Nüssen 177

Blick auf die Karte – Nichts wie rein!

Und? Gefällt es Ihnen? Warum zögern Sie? Fehlt etwas? Sonderwünsche sind uns ein Pläsier! Treten Sie doch bitte näher. Nehmen Sie Platz. So, bitte schön. Wir servieren prompt. Nein, keine Bange, Fertiggerichte sind tabu. Kein bisschen Convenience, Ehrenwort. Alles frisch, nur halt (leider) in Schriftform. Wir hatten uns ja überlegt, das Büchlein auf Esspapier zu drucken, jede Seite ein anderer Geschmackston. Das ginge nicht, meint der Verleger. So, so. Verlassen wir uns also auf unsere Einbildungskraft. Oder – das ist ratsam – essen wir doch was Schönes beim Lesen! Oder lesen beim Essen, das unterstützt die Genussentfaltung. Bei Krimis aus Skandinavien klappt das nicht. Aber hier. Bestimmt! Falls Sie nicht alleine sind, lesen Sie eben später. Oder ein andermal. Mitten im Gespräch in ein Buch abzutauchen, ist schlicht unhöflich. Und das sind wir ja nicht, richtig? Wir wissen uns zu benehmen, kennen Takt und Maß, selbst wenn wir alleine sind. Hier beginnt die Menschenwürde. Sich irgendwo hinhocken und eine Proteinschnitte runterwürgen, das ist der Weg in den Abgrund, so hat das der liebe Gott nicht gemeint.

Der Verfasser war mal überglücklicher Bewohner einer Dachschräge zu Heidelberg, 6,5 Quadratmeter, aber mit Blick auf die Alte Brücke, über den Fluss und den halben Odenwald. Ein Büchlein, ein Stückchen Époisses, ein Scheibchen Weißbrot, ein Gläschen Burgunder, und der Vorgeschmack auf die Ewige Seligkeit war vollkommen.

Aber nicht nur zu Hause, auch in einem Gasthaus, so ungastlich sich die Kellnerschaft vielleicht gerieren mag, kann eine pietistische Gemüsebrühe zum Bestandteil unseres Lebensfestes werden, wenn wir uns durch Lektüre in die richtige Stimmung bringen. In manchen Berufszweigen oder Lebenssituationen kommt es durchaus vor, dass man des Öfteren ohne Begleitung ein Restaurant betritt. Einige haben regelrecht Panik davor; in Gesellschaft eines Buches ist man gleich viel tapferer. Man hat nicht den Eindruck, dass die Leute dauernd rüberstarren und tuscheln: „Ach du je, was für ein einsames Herzchen ..." Im Gegenteil, man wird in Ruhe gelassen.

Die Hauptabsicht dieses Ein-Autoren-Almanachs liegt tatsächlich darin, das erfreuliche Erlebnis der zivilisierten Nahrungsaufnahme ins Geistige zu verlängern. Mit Essen kann man ja auch anders umgehen als es einfach runterzuschlingen. Zum Beispiel könnte man darüber reden. In einigen Weltgegenden redet man über gar nichts anderes, womit schon viel über die Grundsätzlichkeit des besagten Prozesses ausgesagt wäre. „Heute schon Reis gegessen?", lautet der tägliche Gruß in Thailand, eine tolle Verbindung von Anteilnahme, Abwehrzauber und Gesprächseröffnung. Zur Anregung empfohlen: Vielleicht selber mal ausprobieren und der neuen Chefin ein munteres „Heute schon Marmeladenbrötchen gemümmelt?" entgegenflöten!

Klar, unsere Lektion von Fressen und Moral haben wir gelernt. Kein Anlass zur Arroganz: Das kärgste, einsamste Stückchen Roggenbrot kann in der Tat mehr Genussfreude bereiten als ein Vierzehn-Gänge-Menü in übler Gesellschaft. Man denke an des unterschätzten Prosadichters Peter Roseggers Eloge auf eine Schweineschwarte, die er als Hirtenbube eine Woche lang in der Hosentasche mit sich führte, um von Zeit zu Zeit darauf herumzukauen. Auf der anderen Seite gehört die Tristesse in sehr vielen von diesen teppichgedämpften Weihestätten der Küchenkunst zu den schwer aushaltbaren Stimmungen, wenn das Getaste des Pianisten nach Trauermarsch klingt, egal was er spielt, und der feinste Röstgeruch aus der Küche an Krematorium erinnert.

Der Schritt von der Sättigung zur Lebensfreude ist manchmal schon getan, wenn wir etwas Puderzucker über die Palatschinke stäuben. „Wo sind wir, wenn wir Butterbrot futtern?“, könnten wir Sloterdijks inspirierte Frage: „Wo sind wir, wenn wir Musik hören?“ themengerecht übertragen. Da fällt mir was ein: Vor ein paar Jahren bekam ich zwei Brote geschenkt, ofenfrisch, fast zu heiß zum Tragen, mächtige Zwei-Kilo-Laibe, aus einer Mühlenbäckerei im Kraichgau. Im Hofladen erwarb ich ein Pfund Butter und begab mich zu einer Schulklasse in einer, nun ja, nicht eben privilegierten Gegend. Blöd zu sagen, aber die meisten Kinder waren mit der Kultur des Butterbrotfutterns nicht vertraut. Nach Überwindung einer ersten Scheu hub ein Festgelage an, wie es besagte Schule noch nicht gesehen hatte.

Georg Steiner nennt so was real praesences, Realpräsenzen, wenn ich ihn richtig verstanden habe. Wann sollte so was auch passieren, wenn nicht beim gemeinschaftlichen – oder intimen – Verzehr rechtschaffener, mit Hingabe produzierter Speisen? Erinnert der Kampf einer ganzen Industrie gegen solch Slow-Food-orientierte Genusswurzelei nicht an den Krieg des Bösen gegen das Gute, Luzifers gegen St. Michael, der grauen Herren gegen Momo, Monsanto gegen die Kleinbauern? Ist es wirklich so einfach? Vielleicht. Jedenfalls sind wir Zeitzeugen der sukzessiven Entweihung und Banalisierung der Produktion und Konsumption von Lebensmitteln; das Ausmaß konnten sich nicht einmal Propheten wie Adorno und Horkheimer ausmalen.

Kein Wunder, dass positive Traditionen wie das festliche Sonntagsessen im Familienkreis verschwinden. Die gute Sitte des gemeinschaftlichen Verzehrs mitgebrachter Speisen bei der Feldarbeit – ebenfalls weitgehend dahin. Jene Statistiken, die belegen, wie selten das zusammen mit den Liebsten genossene Frühstück, Mittag- oder Abendessen geworden ist, wollen wir gar nicht bemühen. Nein, wir machen was anderes: Wir jammern nicht, wir gehen sammeln! Rundheraus, unsere Sympathie gehört den Mutigen, die trotz ökonomischer Risiken gute Sachen aussäen, anbauen, kundig verarbeiten, backen, braten, brutzeln und gegen jeden Widerstand Mitgeschöpflichkeit und Qualität bewahren.

Revolution heutzutage: Ich lasse das entsetzliche tiefgefrorene „Ungarische Gulasch Szegediner Art" – von der Behauptung stimmt nur tiefgefroren – im Discounter, wo es hingehört, und radle raus zum Bauern, dem ich gerne einen fairen Preis für seine Kartoffeln und einen Eimer Quark bezahle. Vielleicht nehme ich ja auch noch das erste Bündel Schnittlauch des Jahres mit? Ein Festessen. Ein Festessen? Aber sicher! Eine Umfrage unter der besternten österreichischen Küchenzunft, auf welches Gericht die Auswahl fiele, wenn es vierzehn Tage immer nur das Gleiche gäbe, verzeichnete ziemlich weit oben „Kartoffeln mit Butter." Respekt gilt allerdings auch jenen Hohepriesterinnen und -priestern der fantastischen Transformation, die es fertigbringen, eben genanntes Basismahl auf neun verschiedene Weisen in elf unterschiedlichen, noch gar nicht entdeckten Aggregatzuständen sowie in perfekter Farbskalierung zu servieren. Das ist dann eben Kunst. Auch schön. Noch weitaus stärker als beim Wein geht es beim Essen immer auch um Identität. Im Konsum weisen wir aus, ob wir zur Gattung homo polites oder homo idiotes gehören. Warum erinnerten wir eben ausgerechnet an Adorno? Kein richtiges Leben im Falschen? Schon recht, da lässt sich nichts einwenden. Doch man lese (mal wieder?) seine Erinnerungen an Amorbach, wie ihm, dem Knaben, in einer Schenke unreife grüne Nüsse gekauft werden. „Den Geschmack behielten sie durchs Leben." So ist das nämlich: Die Erinnerung an Kindheitsspeisen bindet uns oft viel intensiver oder erfreulicher zurück als die an gewisse Onkels und Tanten, die einem den Mund mit dem Taschentuch abwischten. Mit ihrem Taschentuch freilich, nicht ohne zuvor ...

Aber lassen wir das.

Den weltweiten Drang, sich über Essen auszutauschen, haben wir schon erwähnt. Die nächste Stufe wäre künstlerisches Veredeln außerhalb der Küche.

Wie viele Gastmähler kennen wir aus der Kunstgeschichte, ob gemalt oder gebildhauert, die wiederum unsere Vorlieben prägen! Ich nenne nur den kleinen Altar im Frankfurter Dom, das letzte Abendmahl als Puppenstube, wovon sich Dutzende Kinder-Generationen zum Nachspielen animieren ließen. Komponisten waren meist zurückhaltender, was die musikalische Gestaltung unseres Themas anbetrifft, dafür waren die meisten Gourmands. Einige Musikbeispiele allerdings wirken nach wie vor, etwa Telemanns Kantate „Friss, bis dir der Hals anschwelle, friss du ungebet'ner Gast!", eine wahre Wunderwaffe gegen unliebsamen Besuch. Er wird sich in Kürze verabschieden.

In der Literatur allerdings finden wir unzählige Betrachtungen; in der Antike nicht erst beim Gastmahl des Trimalchio, in Renaissance bis Barock nicht nur bei Rabelais' und Grimmelshausens Orgien und um die Jahrhundertwende durchaus nicht allein in Thomas Manns Buddenbrooks.

Unglaublich, wie viel kulinarischen Eros Leute wie Zuckmayer oder Joseph Roth zu entwickeln imstande waren. Dass „nach '45", zumindest in Deutschland, die Lust an der Schwelgerei verebbte, hat fraglos triftige Gründe. Und was machen wir jetzt?

Wir bleiben bescheiden. Begeben uns fragend und suchend an jene Orte, wo wir mit Fug Nahrungsmittelproduktion, -verarbeitung und -genuss erwarten dürfen. Wir kehren ein in urtümliche Kneipen, wo außer Leberwurstbrot mit Gewürzgurke gar nicht so viel mit Kreide auf schwarzem Grund geschrieben steht (vielleicht noch Erdnüsse), scheuen auf keinen Fall vor reputierlichen Sternehäusern zurück, forschen nach den letzten echten Landgasthöfen und achten immer schön darauf, dass wir das Spätzlebrett an die nächste Generation weiterreichen.

Dabei bleiben wir vorwiegend im Lande, denn „Iss auf, der Koch kommt!" will kein Angeber-Brevier sein („Ein gescheites Schnitzel kriegst du eigentlich nur in Sidney ..."). Direkt und unvermittelt blicken wir in die Nischen der Nahrungskette, lernen abenteuerlustige Wildkräuterfeen, zärtliche Metzger und noch sanftere Ziegenkäseproduzentinnen kennen, schauen uns um in Großstädten und hinter Hohlwegen, besuchen Leute, die noch und wieder richtig backen können oder mit Anstand Handel treiben. Dabei vergessen wir, wie gesagt, keineswegs die Kinder: Jedem Kapitel, von den Amuse-Bouches bis zum Dessert, steht eine „Kinderkarte" voran, vom imaginierten Bilderbuch bis zum Reisetipp.

Um es möglichst bunt zu treiben, bedienen wir uns durchaus nicht allein des Mediums der Reportage, wir geben genüssliche Stimmungen wieder in Kurzgeschichte und Romanauszug; ja, sogar dem altüberkommenen Mittel der Lyrik trauen wir noch zu, etwas so zu verdichten, wie das die Prosa nicht hinbekäme. Wie beim Vorgängerbuch „Trink aus, wir bleiben!“ dürfen wir uns der Unterstützung durch die Muse der Malkunst sicher sein, diesmal verkörpert von der Winzerin, Köchin … und Malerin Beate Wiedemann. Die Kunst der Leichtigkeit, das wissen Sie, ist die leichteste eben nicht; fragen Sie Mozart. Anders gesagt, man kann es oder lernt es nie.

Eine letzte Nutzanwendung kommt uns eben in den Sinn: das Surrogat. Falls Sie gerade mal wieder am Fasten sind oder irgendjemand Ihnen eingeredet hat, Essen sei prinzipiell der Gesundheit abträglich, dann lesen Sie doch einfach stattdessen. Ob das funktioniert und man wirklich abnimmt wie Hoffmanns Suppenkasper selig, da fehlt noch die Evaluation. Die reichen wir dann im zweiten Band nach. Oder lieber doch nicht. Mit höherer Wahrscheinlichkeit stellt sich ein Impuls ein, den auch unsere paläolithischen Kumpels schon hatten: „Ich will was Gutes haben! Jetzt!“ Dazu müssten Sie das Buch ein Momentchen zur Seite legen – es sei denn, Sie sitzen bereits, wie oben angedeutet, in einem prima Speisehaus oder bei sich daheim und haben etwas auf dem Teller, Sie Schlauberger*in. In diesem Falle wären Sie der lebende Beweis, dass lesen und leben eben doch kein Widerspruch sein muss.

KÜCHENGRÜSSE
AMUSE-GUEULES

Und was meint die Bühne?

Ach ja, die Schöpfung.
Wie sinnreich scheint doch alles eingerichtet
aus der Perspektive des Schneidbretts.

Man fragt sich, wie es die Leute fertigbringen,
beim Festmahl einigermaßen würdevoll
voreinander hinzutreten, ohne sich
zuvor krawattiert zu haben.
Wodurch sollten wir uns sonst
vom Plankton unterscheiden?

(aus: „Verführung der Jugend“, Koch-Show in fünf Gängen)

Ewiges Präludium

Wäre unser Menü eine Baufirma, käme den Küchengrüßen die Rolle der Wochenpraktikantin zu. Zwar tun alle immer so wichtig und beschäftigt, wenn sie im Frühstücksraum auftaucht, aber eigentlich geht es nur darum, ihre Aufmerksamkeit zu erringen. Aller Anfang ist eben heiter, dreht Lebensberater Goethe jene triste Alltagsweisheit um: Unbeschwert und bunt, jugendlich-experimentell geht es los. Manche Kunstschaffende laufen in ihrer Küchenwerkstatt schon bei den Amuse-Bouches zu einer Hochform auf, die sie allenfalls beim Dessert wieder erreichen; es schwindelt einen angenehm, wenn die allerersten Kleinigkeiten aufgetragen werden. Hier geht es rein um Fantasie, um Entdeckerfreude. An die handwerkliche Meisterschaft denkt erst mal niemand, wenn so ein pikantes Pralinchen, ein Gläslein voller Mini-Köstlichkeiten, ein Löffelchen mit einem Tupfen herangeschwebt kommt.

Einige wenige Restaurantleiterinnen und Küchenchefs haben kapiert, was es mit dem Gejauchze aus dem Gastraum auf sich hat und sie verlängern den

Spaß ad infinitum, sprich sie servieren ganze Amuse-Gueules-Menüs. In einem – so oft wie möglich wiederholten – Fall sah das so aus, dass sieben mal sieben Glasschälchen aufgetragen wurden, immer hübsch in einer Reihe, aufeinander abgestimmt und das entsprechende Schlückchen Wein dazu. Zugegeben, die Rezeptoren streikten schon nach der zweiten Runde; diesem zärtlichen Dauerfeuerwerk wären höchstens ausgebildete Sommeliers gewachsen. Das tat der puren Speiselust jedoch keinen Abbruch: Was der Gaumen nicht schaffte, übernahm das Auge. Ein Spektakel. Ewiges Präludium. Forever young.

Andernorts verblüffte ein Virtuose gleich mit sieben mal sieben mal sieben Genussgelegenheiten. Zum Erstaunen der Gäste stand das dreifache Orgelmanual, würdig auf Schiefer angerichtet, bereits am Platze. Sieben Öle in Reagenzgläschen; sieben Salze in Körbchen aus dem Zwergen-Bergwerk; sieben Brote und Brötchen in all ihrer Duftigkeit – welch ein Erlebnis! Welches bei uns jedoch dazu führte, dass wir sämtliche Kombinationsmöglichkeiten ausprobieren und beim sechsgängigen Menü noch vor der Hauptspeise kapitulieren mussten. – In dieser Hinsicht hat es uns ein Schweizer leichter gemacht. Zunächst eine kaum zu verhehlende Enttäuschung: Oh, Brötchen mit Butter. Hm ... Und das in einem Landgasthaus mit Stern? Mithin, der Erinnerungswert steht hinter dem Brot-Öl-Salz-Zauber nicht zurück. Denn beides war von einer nie erschmeckten Hochqualität.

Kein Zweifel, bei den Küchengrüßen geht es vor allem um Spiel – mit weit dehnbaren, fast gar keinen Regeln. (Es sei denn, man hält den Entschluss, vorweg besser keine Schweinshaxe zu servieren, für erwähnenswert.) Das ist natürlich nicht für alle was; früh verpanzerte Funktionsmenschen halten solcherlei Sperenzchen für Quatsch. In unserem Beispiel wäre das der muffelige Praktikant, dem nicht mal im Aufzug ein „Guten Morgen“ über die Lippen kommt. Beziehungsweise die Baguette-Scheibe mit Kräuterquark, Ausweis der Einfallslosigkeit, die ins Gegenteil verkehrte Willkommensgeste.

Wir aber spielen mit, nicht wahr? Wenn irgendwo, dann ist hier unsere Konvivalität gefordert, fein ausbalanciert zwischen Etikette und reiner Anarchie.

KINDERKARTE

Gagges und Katinka

Frankfurt-Sachsenhausen

„Das ist ja Gehirnwäsche, was du machst!" Der Vorwurf traf ihn unvorbereitet. Gagges war soeben dabei, „gefülltes Laugenkonfekt" für die Reise in die Mainstadt zuzubereiten und erzählte (wieder einmal) freimütig von der Notwendigkeit, Kinder an die Gepflogenheiten gehobener Nahrungskultur frühzeitig heranzuführen. Die pädagogisch geschulte Besucherin ließ ihn mit der Prophezeiung stehen, bestenfalls werde ihm seine Tochter alsbald in seiner hervorstechendsten Eigenschaft ähneln: Fettleibigkeit.

Angesichts der eminenten – sein Vater hätte gesagt – „Dürrrappeligkeit" Katinkas, beschließt Gagges, sich von der Warnung nicht beeindrucken zu lassen. Tags zuvor hatte er zusammen mit der Kleinen auf dem Markt was eingekauft: Käse und Sauerrahm. Wurst und Zwiebeln. Aber nicht irgendeine Wurst, sondern die beste Rindswurst der Welt: Frankfurter Gref-Völsings. Vorerhitzt und eingewickelt, schmeckt die auch noch Stunden später. Den Abend hatten die zwei mit Reisevorbereitungen zugebracht: Zwiebeln gerieben und Käse zermanscht. Freilich, es fällt nicht immer leicht, die Sonderwünsche der Dreijährigen in den kulinarischen Gesamtrahmen mit einzubeziehen; schließlich musste der kleine kritische Geist aber zugeben, dass nicht nur die Herstellung und der Name des Endprodukts („Schneegestöber“) Spaß machen, sondern auch der Geschmack „ganz schön wunderbar“ sei.

Für die Spezialvariante des Sachsenhäuser Schneegestöbers wird der gestampfte Camembert unter Zuhilfenahme einer Gabel mit Zwiebelbrei, etwas weicher Butter, Sauerrahm, Salz und Pfeffer vermengt und in ausgehöhlte Minilaugenbrötchen gestopft. Mit Paprikapulver schmeckt's eigentlich besser, aber wo bleibt da der Schnee?

Auf der Hinfahrt, während Kati die Füllungen heraussuckelt, erzählt Gagges ein paar Märchen aus dem alten Frankfurt.

Vielleicht ist das nun auch wieder Gehirnwäsche. Wie kann man ein neugieriges Kind in eine Welt von buckligen Geigern und holdsinnigen Feen, trunkenen Wirten und unter dem Main verborgenen Schätzen versetzen – und kommt dann in Frankfurt am Main raus! Wahrhaftig hat die Stadt schon immer ihr Möglichstes gegeben, hurtig auszuradieren, wo etwas Atmosphäre überstand. Doch halt. Ein paar Nischen hat man übersehen. Zu einer solchen sind Gagges und Katinka unterwegs.

Schon vor Zeiten gelangte Gagges zu der Auffassung, Ausflüge mit Kindern in Autos gehörten verboten: Wie soll man denn da in Ruhe sein drittes Frühstück verspeisen? Gemeinsam aus dem Fenster kucken? So was geht natürlich nur im Zug. Ein weiterer unbestreitbarer Vorteil: Man kommt auf einem Bahnhof an, ein Vergnügen, das man Kindern gar nicht oft genug bieten kann!

Mit der S-Bahn sind die beiden im Nu zum Lokalbahnhof gezischt. In nächster Nähe: der Affentorplatz. Dieser vereinigt eine Menge Vorteile. Einmal bietet eine Kletterlandschaft dem Kind genügend Anregungen; zum anderen grenzen mehrere übrig gebliebene Gaststätten an, die Sachsenhausen noch als Dorf erlebbar machen, stimmungsvolle Rückseite eines heruntergekommenen Amüsierbetriebs.

„Musst Du jetzt brichen?“, fragt Katinka, die Gagges auf ein Drehkarussell genötigt hat und mit Eifer herumwirbelt.

„Noch nicht, Katinka.“

„Dann dreh ich schneller.“

Dem Wirbel entkommen, versucht der Vater die Tochter zu überzeugen, nach den Strapazen der Anreise hungrig und müde zu sein.

„Du bist ein dicker, alter und dicker Papa!“

Wie rasch sie doch dieses Gespür für emotionale Sperrgebiete entwickelt hat …

„Halt ein Mädchen“, murmelt Gagges und schlägt die Besichtigung des Handwerkerbrunnens vor.

„Was hast du eben gesagt?“

„Nichts, Katinka.“

„Was hast du eben gesagt?“

Auf der anderen Seite der Darmstädter Landstraße befindet sich ein Minipark mit einem Mahnmal, welches daran erinnert, dass Menschen hierzulande ihre Hände früher nicht ausschließlich dazu gebraucht haben, auf Tastaturen herumzutippseln.

„Was ist der da?“

„Das ist ein Fischer.“

„Was hat der Fischer in der Hand?“

„Ein Netz.“

„Warum ein Netz?“

„Um Fische zu fangen.“

„Warum um Fische zu fangen?“

„Weil er ein Fischer ist.“

(Ha! Den Warum-Fragezirkel klassisch abgekürzt!)

„Warum ist er ein Fischer?“

Ein Versuch von Gagges, durch die Hintertür des „Fichtekränzi“ hineinzuschlupfen, scheitert an den Öffnungszeiten. Hier ward der einzig denkbare Bierkompromiss für Ebbelwei-Kneipen gefunden: Fränkisches Dunkel. Mitsamt der „Atschel“ vis-à-vis, die auch Breitenlesauer ausschenkt, hat sich hier eine Qualitätsinsel im ansonsten eher biertristen Frankfurt herausgebildet. Natürlich mit Insel-Preisen.

Katinka und Gagges landen im „Dauth-Schneider“. Genügend Platz, auf breiten Bänken herumzurutschen und Mittagsschlaf zu simulieren.

„Kuck mal, Katinka: Wir bestellen ein Rippchen!“

„Nein, eine Rindeswurst.“

„Das heißt Rindswurst. Hatten wir doch schon auf der Herfahrt.“

„Rindeswurst mit Pomm-Ess Fritz.“

Zu Gagges’ Wonne gibt es nur Bratkartoffeln.

Man einigt sich auf „Frankfurterer Tapas“, stellt sich eine lustige Vorspeisenplatte zusammen: Grüne Soße, Bratkartoffeln, Handkäs mit Musik – und natürlich Gref-Völsings. Vom Brezelbub gibt’s Brezel und zum Nachtisch Haddekuche, Arme-Leute-Variante des Lebkuchens, dazu geschaffen, die Ebbelwei-Säure abzumildern. Das Kind kriegt Süßen, Gagges Ebbelwei, die Welt ist im Gleichgewicht. Dann muss noch der „Schwenkbembel“ erklärt werden, der „Faulenzer im Haawe“.

Die Kellnerinnen sind – Gagges Großtante hätte gesagt – „ausnehmend freundlich“. Zumindest bis Katinka beim Bezahlen meint: „Warum hat die so einen dünnen Zopf?“

Gedämpft-verkrampftes Lächeln: „Die ... ist die Frau Kellnerin, haha!"

„Mag ich gar nicht, den dünnen Zopf von der Frau Kellnerin. Sieht ganz komisch aus. So dünn. Ich hab ganz dicke, guck!"

Manchmal kann auch das üppigste Trinkgeld den Ansehensverlust nicht mehr wettmachen.

Böhmenmonolog

(Aus dem Wein-Theaterstück „Kellersequenz“)

„Teetrinker sind wässrige Menschen, eine Hauptgefahr unserer Zeit. Sie wissen sich konform mit einer substanzlosen Mehrheit – das ist es, was diese Brühe so beliebt macht. Nivellierung, Auflösung. Verwässerung. Weil aber Tee nach nichts schmeckt, suchen diese Findelkinder der Widernatürlichkeit Trost in einem pingeligen Hobby: Weintrinker aufspüren und über die Gefahren des Alkohols dozieren. Mich widert unsere Zeit so an, unsere lasche, lahme, langweilige, lauwarme Leitungswasserzeit, wo man nur noch mit Derivaten und Substraten umgeht und die Originale verhöhnt. Ich war in Böhmen, auf einer Hochzeit! Wisst Ihr, was da los ist? Ihr wisst es nicht mehr. Nichts anderes nämlich als bei uns früher: Weil Knappheit herrscht, herrscht Leben. Überfluss im Mangel! Wenn's drauf ankommt, dann sollt Ihr sie sehen: Wie eine ganze Woche am Stück gesoffen wird und gefressen – und so hat das der liebe Gott gemeint. Nicht mit der Pipette abmessen, aus dem Füllhorn gießen! Ich hasse diese Schwarz-Weiß-Kopien der Schöpfung: Zur Askese zu faul und zum Rausch zu feige, werden sie am Ende esoterisch.“

Provenzalische Wette

Kulinarisch gesehen, war ich furchtbar jung, also Ende 30, da ergriff mich die Mutlosigkeit: Ich war bei Marie eingeladen, die alles konnte, was ich nicht konnte. Zum Beispiel kochen – „provenzalisch". Provenzalisch! Etwas für Weltreisende. Für Sterneköche. Oder für Provenzalen. Marie hatte schnell raus, was mir fehlte. Und zwang mich zu einer Wette: Ich selbst – gegen mich. Morgen in einer Woche. Ich würde mir beweisen, dass ich ein gesuchter Meisterkoch sei. In zwei Stunden. Wer, ich?

Der Einkaufszettel machte mich ratlos: Wie sollten all die Seltsamkeiten zueinander passen? Ein unauflösbares Puzzle. Vorbereitungen hatte ich ebenfalls zu treffen: 1. Eine Kartoffel weichkochen. Ich stellte mich der Aufgabe. 2. Rosé kaltstellen. Das konnte ich schon. – Marie kam, stieß mit mir an und annoncierte: „Fougasse!" Sie hieß mich einen Würfel Hefe in 300 ml lauwarmem Wasser mit 50 ml Olivenöl und drei EL Honig auflösen. Hernach goss ich die urige Flüssigkeit zu 500 g Mehl, etwas Salz und Rosmarinnadeln dazu. Das Kneten mit den Händen machte Spaß, das Formen zur Kugel weniger.

Gemeinsam platzierten wir den Klumpen in eine geölte Schale, deckten sie mit dem Geschirrhandtuch ab und ließen uns bei 30° C eine Stunde lang gehen.

Marie annoncierte: „Tapenarde au poisson!" Ich ertappte mich dabei, wie ich meine Kartoffel schälte, zerkleinerte und mit doppelt so viel Fischfilet und Olivenöl, weißem Pfeffer und süßer Sahne zunächst erwärmte und dann zermatschte. Wir fraßen's lauwarm auf Baguettescheiben, und ich begann an mich zu glauben. Schon wollte ich mich im Triumphe sonnen, da rief Marie: „Tapenarde au jambon!"

Hurtig machte ich mich ans Werk und vermixte mit einem Pürierstab gekochten Schinken, Knoblauch, rote Zwiebel, Olivenöl, Semmelbrösel, Paprikapulver, Piment d'Espelette. Da die Masse doch recht spröde war, gab Marie einen Klacks Ziegenfrischkäse dazu. Diesmal rösteten wir das Brot erst ein bisschen. Und ich stieß Siegeslaute aus. Ich hatte gewonnen! Gegen mich.

Die Socca machte überhaupt keine Probleme mehr. Ich verrührte 250 g Kichererbsenmehl, 250 ml Wasser, vier Esslöffel Olivenöl, Salz, Pfeffer und Macchia-Kräuter, goss alles auf ein geöltes Blech, schob's in den 220° C heißen Ofen und ließ es zehn Minuten backen. Noch heiß futterten wir's vom Blech weg. Da war die erste Flasche Rosé geleert.

Inzwischen hatten wir den Fougasse-Teig auf ein mit Backpapier belegtes Blech gekippt und mehrmals eingeritzt. Nachdem die Masse abermals abgedeckt eine halbe Stunde gegangen war, bepinselten wir sie mit Olivenöl und bestreuselten sie mit Fleur de Sel. Im 250° C heißen Backofen buk's 15 Minuten. Ich konnte Hefeteig!

Zwei Tage darauf rief mich Marie an und befahl mir, die trockenen Fougasse-Reste zum Pain bagnat umzuwandeln. Ich gehorchte und rieb sie mit einer Knoblauchzehe ein, zerteilte, röstete sie und gab Tomaten, Gurken, rote Zwiebeln, Käse, Petersilie, Salz, Pfeffer, Zitronensaft, hellen Balsamico und Olivenöl hinzu. Ab in den Kühlschrank. Je heißer draußen, desto kälter servieren!

Der Fourageur seiner Majestät kauft Ziegenkäse

Wie schade, dass Männer keine Milch geben. Das ist sogar im Tierreich nicht anders, weder bei Ziegen noch in Nußloch. Auf Stefanie Schotts Ziegenkäsehof herrscht das Matriarchat. Mal Miteigentümer Joachim Kamann fragen, wie er das aushält. Aber wie kommt's? Nun, ganz einfach: Die kleinen Böckchen werden, wenn der Frühling naht ... Halt! Später mehr davon. Oder lieber gar nicht.

Zunächst einmal konzentrieren wir uns auf etwas so Zartes, Reines, Feines, dass wir ganz fromm werden möchten. Es gibt da so eine Meditationstechnik, die vorsieht, dass man stundenlang eine weiße Wand anstarrt. Ob das auch mit Ziegenkäse funktioniert? Mit mildem, weißdornblütenweißem Naturziegenkäse?

Es ist ungewiss; alsbald nämlich müsste ein unbezähmbarer Urappetit die spirituelle Stimmung kappen. Schon dieser Duft! Kommunikativ wie Ziegen sind, verlangt auch ihr verkästes Endprodukt nach Gesellschaft: Baguette zum Beispiel, Kastanienhonig, Gelee mit Chili, ausgesuchte Weine ...

Altvordere Plattnasen behaupteten einst, der Käse von der Ziege röche streng. Stefanie Schott, die halb Europa durchwandert hat und dabei das Ziegenkäsemachen erlernte, bietet eine schlichte Erklärung: Es liegt an der Sauberkeit. Früher gab es halt noch keinen Edelstahl, kein keimfreies Abfüllen. Mittlerweile wissen das alle, deren kulinarische Selbsterziehung über Scheibentilsiter unter Verpackungsplastik hinausgediehen ist. Die Auswahl ist verblüffend vielfältig. Man hat den Eindruck, es komme Jahr um Jahr ein neues Käslein hinzu. Schon mal eine mit Pesto gefüllte Ziegenroulade probiert? Einen schnittigen Chevrolait? Wildkräutergekrönte Ziegenkäsetorte?

Zur Familie der paarhufig widerkäuenden Hornträger gehören übrigens auch die Steinböcke. Unterschiedlicher könnten Lebensentwürfe kaum sein: Indes die tollkühnen Alpenrocker über die steilsten Schluchten hoppeln, in die sie dann und wann hunderte Meter tief hinunterpurzeln, genießt die Nußlocher Hausziege eine Art Perma-Wellness – artgerechte Haltung ist gar kein Ausdruck. Im südlichsten Süden der an sich schon ungemein südlichen Bergstraße gibt es prunkvolle Streuobstwiesen ... und einen zum Dauerdösen animierenden Stall.

Wie gesagt, dieser Garten Eden hat nur für Mädchen geöffnet. „Zicklein“ klingt zwar irgendwie weiblich, gemeint sind aber die Bübchen, die meist zu Ostern in frankophilen Römertöpfen oder Ähnlichem schmoren. Dass die Nußlocher Slow-Food-Mitglied sind, müssen wir wohl kaum erwähnen. Eines ist klar: Mit jedem Häppchen Ziegenkäse, fair erzeugt und frisch erworben, steigt, siehe oben, die Chance auf Vervollkommnung. Noch besser: Man kommt nicht nur in den Himmel, man ist bereits drin!

HORS D'ŒUVRE

Auf ein Rührei

Im Flur hab ich es schon erschnüffelt.
Ich sah die schmelzenden Konturen;
Von zarter Hand war's im Obskuren
Gerührt, gebuttert und getrüffelt.

Wie noch mit nichts so keusch und ehrbar
War ich mit diesem Ei verbunden;
So hab ich meinen Gral gefunden:
Verhext, verwunschen, doch verzehrbar!

Service à la française

„Däs isch doch dässsälbä!“ Mit betont schwäbischer Zurückhaltung wischte die befreundete Küchengottheit mein Ansinnen, vor lauter Lust am Beginnen dem Kapitel „Amuse-Gueules“ die „Hors d'œuvres“ folgen zu lassen, beiseite. Ja und nein, ließe sich da antworten. Lässt sich aber nicht, denn sowohl Schwäbinnen als auch Küchenchefs widerspricht man nicht. Der Begriff, wie er im Gebrauche steht, kann eben sowohl Vorspeisen als auch Kleinigkeiten zur Begrüßung bedeuten. Einfacher oder komplizierter wird's, wenn wir uns gen Italien wenden, wo die klassischen Antipasti tatsächlich etwas anderes darstellen als diese luftigen Nichtsnutze mit ihrem leichtfertigen Charme, welche ein Calvinist niemals anrühren würde. (Macht ja nicht mal satt!)

Gastrophile wissen das natürlich, aber zur Erinnerung: Beim „Service à la française“, der bis Mitte des 19. Jahrhunderts in besseren Kreisen bestehen blieb, war es Sitte, mehrere miteinander korrespondierende oder überhaupt nicht korrespondierende Speisen gleichzeitig zu reichen. Betrat man den geschmückten

Saal, standen da schon allerlei Fressalien auf Tischen herum, in streng geordneter Hierarchie. Aber abseits, wer ist's? Auf einem Extra-Tisch, „außerhalb des Werks", sind noch so ein paar Sächelchen drapiert, Kalbsbries, Fischlein, feine Ragouts (tatsächlich schon in Pastetchen) und siehe: hübsche Artischocken, womit wir auf unserer Reise wieder in Italien angekommen wären.

Unsere seit mehr denn anderthalb Jahrhunderten etablierte Weise, das Menü nacheinander zu servieren, verdanken wir bekanntlich den Russen. Fürst Karakin soll damit in Paris 1830 zuerst Ehre eingelegt haben. Warum sich die Idee so schnell durchsetzte? Nun, Gastrosophen wie Brillat-Savarin mahnten zivilisiertes Betragen auch und gerade im Umgang mit erlesenen Nahrungsmitteln an, und so entsprach es den Anforderungen der Zeit, sich mit Konzentration dem konkreten Werk des Meisterkochs zu widmen, der wahrscheinlich vormals von einem Adeligen beschäftigt worden war und nach dessen Dekapitierung ein schickes Restaurant in der Hauptstadt aufgemacht hatte.

Schauen wir kurz nach Deutschland, so erfasst uns doch ein wenig Missbehagen. Nach dem Zusammenbruch unserer Kultur '33 bis '45 schaffte man es erst allmählich wieder zu etwas Geschmacksverfeinerung; recht einsam schimmerte der Ettlinger

„Erbprinz“ vor sich hin, argwöhnisch beäugt von den Schweineschnitzelmonomanen im Land. Von der Idee, plötzlich auch wieder wer zu sein bis zur tafeldeckenden Einführung des Lachsschnittchens war es ein ebenso logischer wie kurzer Weg: Es regierte für Jahrzehnte, bestimmte das hiesige Bild vom Canapé in durch weiße Soßen und Käse-Igel und Verlorene Eier immer breiteren Teilen der Gesellschaft und galt doch als Inbegriff des gehobenen Lebens. Freilich, Lachs war damals vergleichsweise teuer und kein Terrorprodukt aus Aqua-Unkultur.

Geben wir uns also den Vorspeisen hin, im Stehen, Sitzen oder Liegen. Auch Häppchen können kunstvoll und köstlich sein, ob die Grundlage runde Buchweizen-Blini, sternförmig ausgestanzte Kartoffelplätzchen oder diagonale, britisch entrindete Weißbrotscheiben sind. (Die Rinde bitte nicht wegwerfen, da machen wir Panade draus, okay?)

KINDERKARTE

Hefezöpfchen Hildegard

Ein Bilderbuch zum Einbilden

Wenn Ihr in die Luft guckt, dann ist die ja nicht leer. Irgendetwas wimmelt dort immer. Komisch. Sieht aus wie Schlieren, wie durchsichtige Kettchen, die schweben können. Ihr habt Euch sicher schon gefragt, was das sein soll. Ich kann's Euch sagen: Es sind Seelchen. Die sind dafür verantwortlich, ob etwas lebt oder nicht lebt.

Aus der Blüte der großen Topfpflanze, die in der Küche steht, ist ein Samenkorn herausgefallen. Das liegt jetzt da auf der Blumenerde und wartet, bis sich so ein Seelchen herabsenkt. Ein ganz schön großes Seelchen, nicht wahr? Deswegen bricht es auch auseinander. Die Hälfte fällt auf das Samenkorn – die andere Hälfte schwebt weiter, hin und her ... bis sie auf dem kleinen Hefezopf landet, den Elviras Mama gestern aus Teigresten geflochten hat.

Das Hefezöpfchen ist ganz schön verwundert, als es auf einmal zu leben anfängt. Es kann ja nicht so viel machen, vor allem sieht es nichts; aber es kommt Bewegung in das frischgebackene Dingelchen hinein. Munter kriecht es vom Backblech herunter und über den Küchenherd. Zwischen Rührgerät und Olivenöl krabbelt es hindurch, schnuppert an der Kaffeedose. Leider stürzt die Kaffeedose dabei ab, und der Inhalt pudert den Küchenboden.

Jetzt lehnt sich das Hefezöpfchen weit vor. Es verliert das Gleichgewicht und fällt. Zum Glück liegen da ein paar Einkaufstüten aus Stoff, so dass es sich nicht weh tut. Auf dem glatten Fußboden lernt es bald, wie man als Hefezopf am schnellsten vorwärtskommt. Nicht wie eine Schnecke oder so, sondern wie ein Auto-Scooter! Ganz schön fix biegt es da um die Geschirrspülmaschine. Doch schon nach kurzer Fahrt donnert es gegen einen Backrost, der mit Gescheppper umfällt. Erschrocken weicht das Hefezöpfchen aus – und knallt gegen eine Bodenvase. Die schwankt ein Weilchen hin und her, dann klirrt sie aufs Parkett.

In dem Augenblick bemerkt das Zöpfchen etwas Tolles: Es kann sogar die Wände hochschlupfen! Darüber freut es sich so sehr, dass es gar nicht bemerkt, wie die Wand plötzlich aufhört. Mit Schwung gerät es auf ein Fensterbrett, wo außer verschiedenen Topfpflanzen auch seltsame Figürchen aus Porzellan stehen. Aber nicht mehr lange. Mitgenommen von dem Schwung, purzeln sie alle zu Boden. Da heißt es wiederum Reißaus nehmen. Doch wohin?

Bei solchen Aufregungen weiß ein Gebäckstück überhaupt nicht, wie es sich verhalten soll. Außerdem, das muss man wohl zugeben, unser Hefezöpfchen ist leider nicht das hellste. In Panik saust es durch den Flur und haut volle Kanne gegen den Schirmständer, der geräuschvoll gegen die Wohnungstür dotzt.

Die Flucht endet unvermutet unter einer Pfote. Denn da steht Rolf, der alte Schlapphund. Vor anderthalb Jahren hat er die kleine Elvira zum Geburtstag bekommen. Aufgeschreckt durch den Lärm, ist er aus seinem Körbchen gestiegen und in den Flur getapert. Um genauer untersuchen zu können, worum es sich bei diesem flitzenden Etwas handelt, tatzt er erst einmal mit der Pfote drauf.

Rolf entschließt sich zu bellen. Das ist immer eine gute Idee. Findet Rolf. So wie er bellt, hört sich das tatsächlich an wie „Rolf". Und noch einmal und noch einmal: „Rolf, Rolf, Rolf, Rolf!" Mehr kann er nicht. Woraus wir schließen, dass es sich bei ihm auch nicht unbedingt um den Schlauesten handelt. Falsch, er kann ja noch was: fiepsen. Nachdem er das Hefezöpfchen einige Male mit den Pfoten hin- und hergeschubst hat, fängt er also an zu fiepsen. Muss ich erwähnen, dass das Zöpfchen Angst hat, aufgefuttert zu werden? Muss ich nicht. Es duftet halt gar zu gut – schlimm!

Angelockt von Poltern, Scheppern, Bellen, Fiepsen, steht Elvira plötzlich vor den beiden. Sie tätschelt den Hund. Widerwillig nimmt Rolf die Pfote runter, damit sich das Mädchen den kleinen Hefezopf betrachten kann. Erwachsene sind ja meistens so verblödet, dass sie sich gar nicht vorstellen können, wieso ein Hefezöpfchen auf einmal lebendig werden kann. Aber Elvira ist noch lange nicht erwachsen. Sie nimmt das Dingelchen hoch, um es zu streicheln und daran zu riechen. „Hmm! Heißt du Hildegard? Du guckst wie eine Hildegard."

Als sie Schritte hört, versteckt das Kind Hildegard im Kinderzimmer. Muss ich erzählen, wie entsetzt Elviras Mama Schibulke ist, als sie in den Flur kommt, dann ins Wohnzimmer, dann in die Küche? „Wer von Euch beiden war das?", will sie von Rolf und Elvira wissen. Die beiden schauen sich an. Dann fasst das Mädchen Mut und antwortet wahrheitsgemäß: „Das Hefezöpfchen hat alles umgedonnert."

„Was? Was ist mit dem Hefezopf?", ärgert sich Mama Schibulke und sucht überall herum, fast so hektisch wie Rolf. Wie gesagt, Erwachsene sind meistens ein bisschen blöd. Deshalb will Mama Schibulke von ihrer Tochter ganz genau wissen, was passiert ist. Ob sie Schuld hat – oder Rolf. Oder beide! Als Elvira darauf beharrt, das Hefezöpfchen sei plötzlich lebendig geworden und habe Chaos gemacht, muss Mama Schibulke lachen. Natürlich hält sie das für eine besonders lustige Ausrede. Sie streichelt Elvira, dann Rolf, dann wieder Elvira und dann sagt sie, das nächste Mal sollen sie aber artig sein, wenn sie mal kurz im Keller wäre. Dann geht sie wieder in den Keller.

Inzwischen hat sich Hildegard, das Hefezöpfchen, aus den vielen Tüchern und Decken befreit, womit Elvira sie rasch zudecken musste. Nachdem sie ein wenig im Kinderzimmer herumgerutscht ist, unter die Kommode, unters Bett, unter den Kleiderschrank, trifft Hildegard auf ein weißes Stoffnilpferd und einen braunen Stoffhasen. Sie schließen Freundschaft und beginnen herumzutoben.

Erleichtert kommt das Mädchen ins Kinderzimmer gerast und haut die Tür zu. Dann spielt sie mit Hildegard, dem Stoffhasen und dem Stoffnilpferd. Leider geht dabei ein Brösel vom Hefezöpfchen ab. Elvira erschrickt abermals: Um Gottes Willen, Hildegard darf doch nichts passieren! Sie ist ja so verletzlich! Das Kind muss nachdenken. Was könnte man tun? Wie ließe sich Hildegard in Sicherheit bringen? Und wohin?

Es gibt sehr sonderbare Menschen auf der Welt. Manche sammeln Fensterbankfigürchen, andere tippseln auf Computertastaturen herum, wieder andere backen Sachen aus Salzteig: Brezeln, geflochtene Stangen, Männchen, die man gar nicht essen kann. Weil sie eben aus Salzteig sind. Manche finden Salzteig schön. Hab' ich schon gesagt, dass Erwachsene meistens ein bisschen …? Ja, hab' ich.

In diesem Fall gereicht es Elvira zum Vorteil, dass es Leute gibt, die so etwas machen wie Salzteigzeugs backen. Am Ende nämlich, wenn das hässliche Salzteigerzeugnis fertig ist, glasieren sie es. Unter dieser Glasur bleibt es dann frisch.

An der Tür von Frau Kottenmiller hängt viel Salzteig. Brezeln, geflochtene Stangen, komische Männchen. Elvira klingelt. Unter ihrem Pulli trägt sie Hildegard. Als Frau Kottenmiller öffnet, bittet das Mädchen: „Kannst du machen, dass Hildegard so wird wie deine Dinger da?"

In ihrer Werkstatt legt Frau Kottenmiller die kleine Hildegard auf ein Brett. Elvira beobachtet ganz genau, dass sie behutsam mit dem empfindlichen Wesen umgeht. Mit geübtem Pinselschwung trägt Frau Kottenmiller einen hervorragend wirksamen Klarlack auf. Hildegard ist glücklich. Wenn Menschen baden, und das Badewasser ist schön warm, haben sie ein ähnliches Gefühl. Wenn sie jetzt mal wieder herumsausen will, kann ihr nichts mehr passieren. Juhu!

Noch Jahre später, wenn Elvira die Treppe herunterhopst, um zur Schule zu gehen, kommt sie an

Hildegard vorbei. Die hängt jetzt zwischen Berta, der Brezel und Manni, dem Männchen. Dass sie nicht aus Salz-, sondern aus Hefeteig ist, hat hier nie jemand bemerkt. Jedes Mal winkt ihr Elvira. Und Hildegard strahlt und glänzt und blinkt unter ihrem Klarlack, dass es fast aussieht, als ob sie dem Mädchen zuzwinkere. Und außerdem wackelt sie mit der Schleife, die Frau Kottenmiller ihr angezogen hat.

Hildegard geht es also prächtig. Tagsüber ruht sie sich aus. Nachts aber, wenn sie nichts befürchten muss, hängt sie sich ab und flitzt spazieren. Die Treppe hinunter, durch den Hausgang und in den Hof. Da warten schon die Igel, ihre Freunde. Mit denen kann man prima spielen.

„Wir liegen noch nicht an der Kette!“

Land- und Mühlenbäckereien, die letzten ihrer Art

Glauben wir einer der jüngsten Studien über das gegenwärtige hiesige Ernährungsverhalten, stellen die „gesundheitsbewussten Anspruchsvollen“ immerhin 13 % der Gesamtbevölkerung. Das müsste doch eigentlich reichen zum Erhalt qualitätsorientierter Produktionszweige wie dem des glorreichen, selbstständigen Backhandwerks! Wie der Pfarrer und der Dorfdepp gehörten sie einst zum Gemeinwesen: die weithin duftenden Familienbetriebe mit Lakritzglas auf der Theke und Lebensmittelnotbedarf im Regal, häufig angegliedert an Gaststätten oder Mühlen, nicht selten Keimzellen der Ausflugscafés.

Nun wäre es unlauter zu behaupten, die eine Rosinenschnecke sei der anderen bloß deshalb überlegen, weil sie in einer weltverlorenen Dorfbäckerei das Licht der Schaufensterscheibe erblickte; ohne Zweifel gehen heute auch mehrere Großstadterzeugnisse in Umlauf, die in Brotblindproben reüssieren. (So was gibt's!) Wer aber etwa von einer Odenwald-Tour einmal ein frisch gebackenes Holzofenbrot nach Haus gewuchtet und am nächsten Morgen einen

Ranken davon mit Quark und Latwerg (mindestens 26 Stunden gekochte Zwetschgenmarmelade) gefrühstückt hat, bekommt eine Ahnung, was ihm Jahrzehnte lang fehlte: eine Kruste, so kross, dass man sich dran verletzen kann! Einmal mehr erweist sich: Produkte von überragender Qualität benötigen ein Unmaß an Kenntnis und Zeit. Sie sind streng kontradiktorisch zu begreifen zu dem Mumpf gewisser Schnellbäckereien, der nur deswegen stündlich aufgebacken wird, weil er sich sonst nach zwei Stunden wieder in seine Bestandteile zersetzen würde: Vaseline, Menschenhaar und Erdöl.

Da und dort lässt sich ein Gegentrend ausmachen, der in höchstem Maße unterstützenswert erscheint: Ökologisch-regional orientierte Jungbäcker und -innen, die Qualitätsware von internationalem Format vom Backblech lassen. Darum haben wir uns nicht in die reine Nostalgieecke verkrochen, sondern den Schwerpunkt auf zwei Mühlen gelegt, die in jüngster Zeit mit ihren Konzepten erfolgreich waren: der Mühlenbäcker in Zuzenhausen und die Bensheimer Filiation „Brot- und Backkultur“ der Alten Dorfmühle Auerbach.

„Mit Torte allein kommt keiner durch."

Zuzenhausen

Kulinarisch ist Zuzenhausen außerordentlich verwöhnt. Das Örtle drängt sich zur Beausflugung energisch auf. Hauptziel: die Mühlenbäckerei. Unverschämt braungebacken räkelt sich das Holzofenbrot vor aller Augen, ein Heilsbringer aus Roggen und Weizen mit Sauerteig.

„Die meisten wollen doch nur schnell, schnell aus einem Mehl fünf Sorten Brot machen", grenzt sich Müllermeister Willi Kolb von pragmatischen Bestrebungen ab. „Ihr müsst Qualität anbieten", hatte er schon in den 80ern den Kollegen geraten, „sonst putzen euch die Großen weg."

Die Kolbs zogen Konsequenzen aus der Entwicklung. Die Vermahlung in der seit 1888 familieneigenen Mühle wurde auf ein Minimum zurückgestellt. Dafür konnte 1999 eine Bäckerei mit Kaffeestube eröffnet werden. „Nur mit Holz feuern, das macht Arbeit." Und zieht Kunden an. In der anheimelnden „Mühlenstube" hat man eine überwältigende Aussicht auf die Kuchentheke. Das mit Abstand beste Dunkelbier im Umkreis, den Dachsenfranz aus der Ortsbrauerei, kann man hier ebenso bestellen wie Kraichgauer Weine. Oder man fläzt sich in den Hof neben den ehemaligen Mühlstein und holt von Zeit zu Zeit Kaffee und Blech- und Hefekuchen. Alles aus dem Holzofen, wie gesagt. Nur eins ist ein bisschen gemein: Man wohnt halt nicht hier. Was soll ich übermorgen bloß frühstücken?

Zubackende Gaststätten im Odenwald

Beim Thema Brot die Odenwälder Nicht-Bäckereien zu vernachlässigen, wäre grausam. Denn manchmal sind es die Ebbelwei-Gaststätten, worin die Kunst der Sauerteigbrotherstellung am trefflichsten beherrscht wird. Viele wissen das und nehmen weite Anreisen für einen Laib in Kauf – sowie bisweilen die Enttäuschung, nichts mit nach Hause zu kriegen. Teilweise herrscht eine gestrenge Zuteilungsverordnung.

Am schärfsten wird das Reglement im Talhof Albersbach gepflegt, wo – der tatsächlichen Güte entsprechend – das Brot mit Elfenwimpern aufgewogen wird. Es gibt schlechthin nichts, was sich mit einem Albersbacher Sauerteigbrot mit reifem Handkäse vergleichen ließe; weshalb denn auch nur in dieser Kombination das Brot scheibchenweise für den Hausgebrauch erstanden werden darf.

Zu den anheimelndsten Geräuschen des Odenwalds gehört das bedachte Surren der handgetriebenen Brotschneidemaschine im Rebstock, Fürth-Steinbach. Bratwurst mit Kochkäs und Ebbelwei ziemen sich als Brot-Zeit-Genossen.

Brot und Backkultur in Bensheim

Nach 700-jähriger Anlaufzeit hat die Auerbacher Alte Dorfmühle im Januar 2006 eine Brot & Back-Kultur-Filiale in Bensheim gegründet.

„Es werden ausschließlich selbst hergestellte Sauerteige verwendet, bestehend aus Mehl, Wasser, Zeit und Wärme." Konditormeister Anton Como darf als eine der Bergsträßer Gründerfiguren unserer Zeit angesehen werden. Die Alte Dorfmühle in Auerbach haben die Comos in eine der genüsslichsten Gaststätten Südhessens verwandelt.

Der Autodidakt resümiert: „Auf lange Zeit wird sich richtiges Backen wieder etablieren. Auf der anderen Seite: Es ist schon grausam. Manche müssen mit dem Pfennig rechnen."

Bei Discounter-Preisen kann und will der „Anton von der Mühl" (so kommt man auch zu einem Adelstitel) nicht mithalten. Für die Voll-Korn-Brote mahlt er alles im Laden frisch. Die traditionelle Sauerteigführung erfordert hohen Aufwand.

„Den chemische Kram kenne mir sowieso net."

Neben dem unverzichtbaren Roggen-Bauern-Laib harrt das Pain campagne nach französischer Art nebst Brioches und Tarteletts engagierten Verzehrs. Aus dem Elsass hat Como einen Holzbackofen-Bausatz angeschleppt.

„Traumhaft! Das gibt's hier gar net, so was."

Anton Como backt nicht nur, er denkt auch ökologisch. Heimische Produktion wird von ihm unterstützt. Die Milchprodukte kommen natürlich aus dem „Hüttenthal", sozusagen die Muttermilch aller hessischen Molkereien; Roggen, Weizen, Dinkel vom Ökobauer baut Jährling aus Hochstetten an. Das ist grad mal ein Dorf weiter.

Pfälzer Relikte und Neubesinner

Ganz vergessen wollen wir die Pfalz aber auch nicht. In Edingen hat sich die Bäckerei Kapp bis hinauf zu höchsten Gourmet-Auszeichnungen geknetet. Wie viele fröhliche Runden beim nur auf Vorbestellung erhältlichen Olivenbaguette schon beglückt wurden, wer weiß das schon! Auf demselben Niveau hat sich im Niemandsland Richtung Schwetzingen die „Heidelberger Holzofenbäckerei" etabliert. Spezies wie die Schwäbischen „Wildbakers“ konnten gar nicht fassen, wie virtuos hier mit dem Holzbackofen hantiert wird. Neben den im Roggen-Anteil variierenden dunklen Holzofenbroten werden Rohrnudeln, Parmesan- und abermals Olivenbaguette meist geliebt.

In der Staatsstraße 25 zu Edesheim hält der vielleicht pfälzischste aller pfälzischen Bäcker Hof. Claus Becker hat die Zeichen der Zeit erkannt: Er liefert Spezialbrote mit Jahreszeit-Bezug: Kastanienbrot im Herbst („Mit ganse Keschde!“), Rüblibrot im Frühjahr, Sprossenbrot mit vierfach erhöhter Vitaminzufuhr zum Sommer hin. Verständlich, warum inzwischen vier Filialen nicht zuletzt Beckers Weinbrot anbieten; hier ward das Wasser zu 100 % durch Wein ersetzt. – Na dann: Guten Teig, Herr Becker!

Brottherapie nach Dr. Steffen

Die wundertätige Bäckerei Leonhardt in Bretten

Wie kann eine Schlange Hoffnung machen? Nun, das kommt ja immer darauf an …

Es geschah an einem der bedrückenden Vormittage in einem bedrückenden Frühling, als sich den Neuankömmlingen auf dem Karlsruher Gutenbergplatzmarkt ein merkwürdiges Schauspiel bot. Indessen sogar vor Stefans Käsekuchenwagen und dem Italiener mit dem wahnsinnigen Rosmarinschinken nur zwei, drei Leutchen standen, wand sich eine Menschenschlange über den gesamten Platz und noch mal halb um den Brunnen herum. Das Ende war nicht leicht zu finden, der Anfang aber allen klar: das sonnenorangene Verkaufsmobil der Bäckerei Leonhardt, im Dreißig-Kilometer-Radius um Bretten eine messianische Erscheinung. Man bedenke: Fromm wie ein Weizenbrötchen harrte die Gemeinde, ohnehin belastet durch schlechte Nachrichten aus dem Seuchenfunk, in der Kälte aus, nur um das Doppelte und Dreifache für einen Laugenweck, einen Bauernlaib oder eine Altbrettheimer Schnecke (kein Schimpfwort!) zu bezahlen: weil das einfach viel besser schmeckt als alles, was man aus der Brot-Branche je probiert hat.

Zeichen der Hoffnung? Aber gewiss. Denn Steffen Leonhardt, der spiritus rector hinter der revolutionären Genussinitiative, meint es auch ernst im Bezug auf alle Zutaten, die er für uns verbackt: Sie stammen von den Äckern und Weiden des Kraichgaus, dieser wie von einem Slow-Foodisten entworfenen Landschaft voll bunter Mischkultur. Und: Er behält sein immenses Wissen nicht für sich, sondern trägt es weiter als Dozent der Akademie des Deutschen Bäckerhandwerks, als Brotsommelier in allerlei Kursen, Artinasal Boulanger, Berater für verzweifelte Kollegen ... Was man nicht alles sein kann – und alles auf einmal! Dabei müssen wir uns vergegenwärtigen, unter welchem Druck das mehlige Gewerbe steht, ziehen es doch weite Bevölkerungsteile vor, sich für zwölf Cent eine Mischung aus Industriekleber und Umwelthorror in den Rachen zu drücken. Die Methoden der Backfirmen sind paramilitärisch, die Konsumenten meist geizig und faul. Da braucht es jede Menge Ideen, um bestehen zu können. Steffen Leonhardt hat genug davon.

Möge sein Einfluss wachsen und gedeihen! Bei ungezählten Gourmets im Umland nehmen die Brettener Produkte längst eine zentrale Stellung auf der privaten Speisetafel ein. Es ist doch wirklich praktisch: Wer so eine unsagbar duftige Fougasse erwirbt, braucht nur noch ein paar Oliven, etwas Ziegenkäse und ein Fläschchen Rosé, und der französische Abend nimmt seinen Lauf. Die neue „Brot-Sommeliere" mit Nüssen und Bergkäse legt man einfach auf ein Brett, bastelt ein Salätchen dazu und wupps! hat man ein wunderbares Mittagessen. Auch für Freundinnen und Freunde des Krostelierens, sprich des vollkommen sinnlosen Genusses ohne jeden Hunger zwischendurch, gibt das Sortiment viel her: etwa das Roggenbrot „voll auf die Nuss" mit Butter bestreichen und ham-ham! – Einem Sternekoch ähnlich, fordert Leonhardt die Fans mitunter durch extreme Aromen heraus: Wer in den „Scharfen Hirten" beißt, sollte sich auf etwas gefasst machen. Wir verraten nicht, worauf. Einfach selber ausprobieren!

In der Kleinmarkthalle

Wenn Handwerker faul sind, bekommen sie eine Abmahnung; stellt sich bei Kulturschaffenden der beklagenswerte Zustand der Ermattung ihrer Energien ein, fangen sie meistens an zu zitieren – und werden umgehend für ihre Belesenheit gerühmt.

Seien wir doch ausnahmsweise einmal aufrichtig und geben zu: Um mit einer kolossalen, hinreißenden, fulminanten Beschreibung der Frankfurter Kleinmarkthalle aufzuwarten, fehlt es uns an Mumm. Das müsste ja ein Sittenbild und Genusspanorama ergeben, dessen Verfertigung gut und gerne zweihundert Seiten in Anspruch nähme! Verweisen wir lieber auf Emile Zola und seinen Roman „Der Bauch von Paris". Da steht so gut wie alles drin, was zur Beschreibung eines Sammelsuriums von Marktleuten und ihren Waren tauglich erscheint. Gewiss, wären wir nur ein bisschen fleißiger, hätten wir so was auch hinbekommen. Aber was tut's – man soll den anderen auch etwas übrig lassen, das zeugt von Höflichkeit.

Und von Stil sowieso.

Der Aufwand wäre wirklich gigantisch gewesen. Wir hätten wahrscheinlich mit einer Außenbeschreibung der Kleinmarkthalle beginnen müssen ... und da haben wir's schon. Denn der schräge Kasten kann – gegenüber Zolas Pariser Hallen – höchstens für sich in Anspruch nehmen, dass er noch nicht abgerissen wurde. Das ist ja immerhin auch schon was. Die Kleinmarkthalle als architektonisches Phänomen erinnert eher an ein Mischwesen aus Turnhalle, Gewächshaus und Hallenschwimmbad. Man muss sie allein schon deshalb liebhaben, weil sie so furchtbar hässlich ist. Der Vorgängerbau, ein fein ziselierter gründerzeitlicher Gusseisen-Glaspalast, konnte sich vielleicht ein bisschen mit „Les Halles" messen – aber der ist geschmolzen, zersplittert, in Trümmer gesunken wie der Rest vom alten Frankfurt auch.

Bleiben wir doch noch ein Momentchen beim Ausschlachten fremder Geisteserzeugnisse. Schopenhauer (natürlich) hat die Frankfurter eine „bauernstolze Abderiten-Nation" geheißen. Wenn wir uns nun mit den dort tätigen Menschen befassen – sind die bauernstolz? Überheblich gar? Ach woher denn. Wir wollen nicht so schofel sein, dem pudelbewehrten Philosophen mangelnde Menschenkenntnis zu unterstellen, beileibe nicht. Führen wir die Bemerkung einfach darauf zurück, dass die Kleinmarkthalle zu seiner Frankfurter Zeit eben noch gar nicht gebaut war. Da hockten die Hockinnen auf den diversen Märkten der Altstadt, wo es zugig war, dabei stickig, eng und dunkel, laut, voll, nass, schwül, kalt, karg und alles Mögliche sonst noch, wovon der Mensch halt schlechte Laune kriegt. Außerdem verdienten die Marktleute seinerzeit miserabel, was sich umso schlimmer auswirken mochte, da dies in keiner Weise ihrer mühevollen Tätigkeit in Feld und Garten und beim offenen Verkauf entsprach.

Die Kleinmarkthalle aber – und darum wollen wir sie lobpreisen bis an unser sel'ges Ende – bietet Schutz. Vor Wind und Regen, Graupel und Schnee und was dergleichen Witterungsunbilden mehr sind. Nur im Sommer, also in so einem richtig bulleheißen Frankfurter Sommer, da stellt sie höchste Anforderungen an die Leute in den Ständen. Dann sehen die Gemüsefrauen und Nudelmänner und Käsekerle und Fischschwinger und Weinfeilbieter und Blumenfeen, Brotaufschneider, Gewürzseppels, Pralinenwieger, Fleischzerteiler und Wurstpellerinnen aus wie auf einer Seniorenreise durch das Innere Spaniens, wenn die Lüftung im Bus ausgefallen ist. Dann nähert sich ihre Gesichtsfarbe dem hitzigen Rot einer frischen Rindswurst an; bei manchen tendiert der Teint gar Richtung Bündner Fleisch.

Nein, diese Zeit ist hart und gar oft wendet sich der verzweiflungsvolle Blick nach oben, von wo man sich ein Schauerchen erhofft oder, noch besser, ein veritables Tief oder, am besten, gleich den Herbsteinbruch.

Aus purer Rücksichtnahme also betreten wir die Halle in der lukullischen Zeit des November, da allüberall Sauerbraten eingelegt, Rotköhle geschnitzelt, Kartoffelklöße gewunden, Rehe geschossen, Trauben gelesen, Kartoffeln gestoppelt werden, da der Schokoladenbaron keine Angst mehr haben muss, dass der vernaschten Kundin die Brüsseler Manon blancs schon auf dem Liebfrauenberg aus der Tüte schmelzen, da die Blumenbeauftragte nicht mehr Sorge trägt, das Usambaraveilchen beginne bereits über dem Luftschacht am Ausgang zur Töngesgasse in sich zusammenzusinken, da die ehrsame Wurstverkäuferin das saftige Krakauerstück wie eine spendable Heilige begütigend in fröstelnde Finger legt, mit Senf, ohne Senf, mit Brot, Brötchen, Wasserweck oder pur, auf alle Fälle heiß, sehr heiß, wogegen allein ihre Hände durch Gewohnheit und Wunderkraft gefeit sind für alle Zeiten.

Ach, es ist ein Glück – wir erwähnen es abermals –, dass wir so mir nichts dir nichts auf Emile Zola verweisen dürfen und all die groteske Vielfalt der Nahrungsmittel nicht selber beschreiben müssen. Andernfalls hätten wir es mit den Düften zu tun bekommen, die hier wie nirgendwo sonst höchst wandelbar sind, von Sekunde zu Sekunde, von Meter zu Meter; hätten uns dem Problem ausgesetzt gesehen zu ergründen, was ein Mensch empfindet, der zum ersten Mal hier hereintritt und den herben Wechsel von Lilienduft zu Kuttelgeruch, von Espresso zu Bückling, von Münsterkäse zu Hefezopf, von Bärlauch zu Blutwurst, von Sülze zu Salbei erlebt oder alles zusammen und auf einmal. Um Gottes Willen, dergleichen kann man doch niemandem zumuten, Autoren nicht und den letzten Lesenden schon mal gar nicht.

Wir hätten dieses Farbenwirrwarr schildern müssen, das Frühlingsgrün der Kresse neben dem Wintergrau der Roten Rübe, das kostbare Tausendundeinenachtgelb des Safrans über dem Milchweiß des Knoblauchs, das Altersbraun des gedörrten Presssacks unter dem heiligen Grüngold des Lang Gönser Handkäs'. Wer hielte das aus? Niemand, niemand – wirklich keiner. Mit einem Wort: Danke, Emile! Du hast Akribie und Anbetung der Apotheose des Karottenbündels gezollt. Das hast du gut gemacht. Und unsere Dankbarkeit kennt keine Grenzen.

SÜPPCHEN
UND SALÄTCHEN

Lob der Erbswurst

O wie grünst du mir, Erbswurst, in des weißlichen Tellers
Rundung, sämig und heiß, nützlich dem Leib und grün,
Grün wie Anfang und heiter, sonnig, frühlingshaft, dünkst du
Mir Elysium schier; deinen Gestaden nur fehlt
Die Schar der Nymphen auf Strümpfen.

Freilich willst du bereitet sein aus Erbsen, gewachsen,
Dann getrocknet zu Mehl; allerlei Zeugs kömmt hinzu,
Doch das steht auf der Packung; rund, in nämlicher Formung,
Fest zu Pellets gepresst, Wasser nur braucht es und Strom,
Und der Hunger, der macht sich, seit 1889, davon.

(aus: Herrn Generalstaatsmajors Töchterlein,
eine Heidelberg-Operette)

Grünschnitt mit Krutongs

Jetzt wird es langsam ernst. Quatsch. Unsinn. Überhaupt nicht. Munter schreiten wir fort auf den Pfaden virtuoser Sättigungsbestrebungen. Jedoch, es folgt der erste Moment, dem wir eine gewisse Feierlichkeit zuzubilligen geneigt sind, im Gegensatz zu all dem leichtsinnig-liederlichen Getue in Kapitel 1 und 2. – Erinnert Ihr Euch? An Euer erstes Mahl, als Ihr nach markdurchschauernder Herbstwanderung im Gasthaus Platz nahmt und ein Süpplein vor Euch aufdampfte? Solche Augenblicke gehören zu den Grunderfahrungen von Willkommen-Sein auf Erden; möglich, dass sich auf solche Weise kulinarisch-therapeutisch selbst das Urvertrauen wiederherstellen lässt. Das erste Schlückchen Kartoffelsuppe, Minestrone, Fleischbrühe mit Markklößchen – Glückes genug!

Zahlreiche Gastrokritiker machen beim Erstkontakt mit einem Restaurant die Nagelprobe und bestellen eine Rindsbrühe, Hochzeitssuppe, so was in der Art. Meist riecht man Fondor und Kollegen, schon bevor der Fertigaufguss hereinschwappt.

Ebenso schnell ist man entzückt und fühlt sich wie auf Anhieb geborgen, duftet das hilfsmittelfreie Sonntagsglück aus der Terrine. So muss es sein! Jeder kann wissen, welchen Aufwand es bedeutet, auch in kleineren Lokalen ausschließlich selbstgebastelte Süppchen und Sößchen zu kredenzen. Da reicht nicht der hausfrauliche Topf hinten auf dem Herd, da müssen täglich 100 Zwiebeln geröstet, Dutzende Kilogramm Gemüse ausgekocht, ganze Schlachthöfe voller Knochen gesiedet werden, bis das Werk den Meister lobt.

Oh ja, es gibt die Suppe auch als erhabene Prinzessin, ob cremig von Wurzelgemüse oder klar mit raffinierter Einlage; Grundbestand freilich ist fast immer unsere selbstgebraute Brühe. Zu Solothurn, einem Städtchen, das uns kurz nach der Paradiesvertreibung zum Trost geschenkt worden sein muss, steht eine Bierbeiz namens Alter Stephan. Der Chefkoch serviert ein Weinsüppli, das außer der namentlich erwähnten Zutat allein aus Hühnerbrühe und etwas Rahm besteht. Keinem Gast, nicht einmal dem derbsten Rohling, ist es bislang gelungen, nach dem ersten Löffel einfach weiterzufuttern. Zugleich niedergeworfen und aufgerichtet von einem die Grenzen der Fasslichkeit einreißenden Sinnenerlebnis, legt man unwillkürlich den Löffel beiseite und schließt die Augen.

Soeben sprachen wir vom Trost, den Solothurn nebst seiner heißen Suppe spendet. Keine andere Funktion kommt dem Salat in Winterszeit zu! Wir meinen natürlich allen voran den Feldsalat, angemacht mit etwas Nussöl, bestreut mit etwas Walnusskern: Nur so kann man das aushalten, bis im Frühjahr Postelein, Kresse, Bär- und Schnittlauch sowie junge Zwiebeln das Gemüt erneuen. Wohlgemerkt, in einem Menü soll der Salat die anregende, die gesundheitsdienliche Zutat sein; jene Gepflogenheit, dem Gast eine Kuhtränke voll Rohkost vorzusetzen, übergossen mit klebrig-weißer Fetttunke, bleibt Hauptkennzeichen ungehobelter Gasthaustische; erschöpft vom Warten, schaufelt man zwei Kilo Grünschnitt mit „Krutongs“ in sich hinein, um die sogar geglückte Roulade hernach nur noch verträumt anstarren zu können.

Nein, so machen wir das nicht!

Süppchen und Salätchen sind Sensibelchen, die mit Feinsinn und rücksichtsvoll behandelt werden wollen. Wollen wir ja schließlich auch.

KINDERKARTE

Dreister Hunde Geisterstunde

Polùm, polum.
Noch eben war es stumm.
Dann kam etwas herangeweht,
Ein Stündlein nach dem Nachtgebet,
Polum, polum, polum.
Ich weiß ja, was da vor sich geht
Im Haus, weißt du es auch?
Der Hund, der hat sich umgedreht,
Vom Rücken auf den Bauch.
Polum.

Krapàtt, krapatt.
Sei still, was war das grad?
Da kam etwas herangetappt,
Am alten Schrank entlanggeschrappt,
Krapatt, krapatt, krapatt.
Weißt du, was da durchs Dunkel schlappt
Im Hausflur plump und platt?
Kaum ist die Tür nicht zugeklappt,
Schon frisst der Hund sich satt.
Krapatt.

Kirípps, kiripps.
Da kratzt was wie auf Gips!
Da kam was aus dem Nachtrevier
In unser Knusperhäuschen hier,
Kiripps, kiripps, kiripps:
Das Schokonikolauspapier,
Die leere Türe Chips!
Was spricht das schlimme Hundetier?
Wer Hunger hat, braucht Grips.
Kiripps.

„Ihr Kräuter, Membran zwischen Himmel und Erde!"

Wildwanderungen um Wöllstein

Es gab Zeiten, da notorische Idylliker jedwede noch so winzige Erhebung von Geröll sogleich als „Schweiz" zu titulieren pflegten. So kam auch ein Landstrich im Zentralrheinhessischen zu diesem Ehrentitel; erst wenn man sich zu einer abenteuerlichen Kräuterwanderung durch die Rheinhessische Schweiz aufmacht, gibt man alsbald gern zu, dass es hier vielleicht doch ein wenig steiler hinaufgeht als erwartet.

Es hat wohl so sein müssen. Ausgerechnet im durch Flächenarrondierung schwer gezeichneten Rheinhessen zündete der ökologische Gedanke früh und nachhaltig. Er fiel in einen kreativen Zunder. Winzer, Bäuerinnen, Landschaftsschützerinnen setzen sichtbare Zeichen, die hoffnungsvoll aus der baum- und heckenfreien Weinwüste herausragen. Oder brav am Boden bleiben.

Nach dem Besuch sogar ministeriell bezuschusster Kurse im Oppenheimer „Dienstleistungszentrum ländlicher Raum" (Lyriker in die Politik!) gründet Ulrike Wirth 1998 gemeinsam mit Christina Mann und Marianne Maus die „Kräuterschule Herbula."

Was man da lernen kann? Unglaubliches! In Einzelfällen kommt es zu einer kompletten Veränderung der Blickrichtung: statt hochnäsig geradeaus bescheiden und kenntnisreich nach unten. Was da wächst – und zwar überall –, lässt den gestandenen Gourmet die Auster wieder zuklappen. Wildkräuter! Na und?

Haben Sie schon mal eine Taubnesselmousse gegessen? Nicht? Anlässlich der „offenen" Kräuterwanderungen wird so was im Weingut Wirth gereicht. Vorher gibt's Kerbelsuppe und Kornburger mit Brennnesselspätzle. Oder Kräuterquiche, überbackenen Brennnesselstrudel und Holunderblüten-Weincrème. Zuvor unterzieht man sich einer dreidimensionalen Einführung in Wesen und Wirken des Wildkrauts: im Hohlweg, im Weinberg, auf dem Baumstück.

Nicht zu fassen, was man alles in sich reinstopfen kann! Schon kurz hinterm Parkplatz klaubt die Wanderführerin etwas Unscheinbares auf – war es nun Breitwegerich oder Huflattich? – und verzehrt es nach eingehender Beschreibung vor aller Augen. Von da an existiert für den neugeborenen Wildkräuterjäger eigentlich nichts Ungenießbares mehr. Doch halt – was meinte noch der gute Paracelsus zum Thema Gift und Gesundheit? Ein bisschen sollte man sich eben doch auskennen in all der verwechselbaren Vielfalt.

„Die Brennnessel ist eigentlich immer die Erste." Gewöhnlich schon im März, manchmal noch früher, tasten sich die Triebe und Blättchen von Ziest, Vogelmiere und Giersch ans Tageslicht. Wenn sie Glück haben, wandern sie in die „Grüne Neune," eine enge Verwandte der Frankfurter Grünen Soße. „Das ist eine uralte Sache", erzählt Ulrike Wirth, „ganz wichtig für die Leute früher nach dem langen Winter. Sozusagen die erste Vitaminzufuhr."

Dem rheinhessischen Wildkräuterwanderungsnovizen dünkt die Verbindung von Kräutchen und Weinchen ideal. Öffnet sich zur Straußwirtschaft das Hoftor, erscheint es nur natürlich, zu einem heimischen Weißen einen Kochkäse mit Gundermann zu kombinieren. Das ist so raffiniert wie bodenständig. Immer noch ordnen einige die Wildkräuterküche einem gewissen esoterisch-solipsistischen Milieu zu, das in Weltabgeschiedenheit kulinarische Selbstkasteiung betreibt. Weit gefehlt. Seit dem – inzwischen ein wenig nervtötenden – Siegeszug des Bärlauchs hat es so mancher Wald- und Wiesensprössling unter die Messer der Meisterköche geschafft. Wildkräuter: die Revolution des Menüplans von unten. Wer hätte das gedacht?

Lukulliker können irgendwann gar nicht mehr anders als sich küchenliterarisch fortzubilden. Die „Rheinhessischen Wildkräuterbücher" von Angelika

Schulz-Parthu geben anschaulich Auskunft. Auch überregionale Erscheinungen sind teils empfehlenswert. „Essbare Wildkräuter und -früchte“ von Mayer / Nerger beispielsweise, wo so herrliche Sachen drinstehen wie Natternkopflasagne mit Seefisch: 600 g Natternkopfblätter blanchieren, fein wiegen; Bärlauchzwiebeln andünsten, 500 g gewürfelte Tomaten darin schmurgeln, in die Form mit Teigplatten und in den Natternkopfblättern gewälzten Fischfilets abwechselnd schichten, Béchamel mit Raclette und Gruyère aufkochen, drübergießen. Bei 200 °C 40 Minuten backen.

Das beste Kräuterbuch ersetzt die begleitete Wanderung indessen nicht. Eine praktische Einführung ist allemal anzuraten, bevor man sich inbrünstig auf jedes Pflänzlein stürzt und anfängt, das Grün der Verkehrsinseln leer zu mümmeln. Es könnte sein, dass sich Ihr Freundeskreis ändert. Ihr Speisezettel wird es gewiss.

Mettgeschichte

Seit jeher zeichnen sich die Mitglieder unserer Familie durch eine bestürzende Hässlichkeit aus. Wie es scheint, gelang es über die Jahrhunderte hinweg niemandem, sich mit einem auch nur halbwegs ansehnlichen Exemplar der menschlichen Gattung zu verpaaren; dennoch – vielleicht aus einem abgründigen Trotz heraus – vermehrten wir uns stets mit einem Ungestüm, das die Zeitgenossen schaudern machte: Oh Himmel, nicht noch mehr von dieser Sorte! Aber wir wurden immer mehr und wir dehnten uns aus über die Länder, wobei wir, die Ortstreue muss noch heute Wunder nehmen, im Wesentlichen nur über drei Gegenden herfielen, die in ihrer Kümmerlichkeit unserer Veranlagung durchaus entsprachen. Hier wurden die Hauptlinien sesshaft.

Es fällt auf, dass selbst den Dorfnamen etwas Unangenehmes, Finsteres, geradezu Widerwärtiges anhaftet: Stammland unserer Sippe, so wird angenommen, ist das nebelfeuchte, sommerlose Land um das Dörfchen Milben, abgewandt allen Handelswegen zwischen dem nördlichen Hessen und dem südlichen Niedersachsen gelegen. Vermutlich aufgrund politischer Allianzen geriet ein Zweig der Familie ins thüringische Rauhen, einem noch heute keltisch geprägten, belanglosen Nest zwischen Wiese und Waldrand; von dort aus, vermuten die meisten, erfolgte Mitte des siebzehnten Jahrhunderts eine teilweise Auswanderung ins westpfälzische Greufz bei Hornbach, kein Mensch weiß warum. Das Kloster war damals schon verfallen, die Wirtschaft lag darnieder, es herrschte Mangel an allem, nur nicht an Ungeschick und Tumbheit, zumindest seit wir dort aufgekreuzt sind.

Eine Szene verdeutlicht besser als langwierige Ausführungen, was es im Kern mit uns auf sich hat. Ein Großonkel mütterlicherseits mit dem abstoßenden, widernatürlichen Vornamen Diez, so wird berichtet, es muss um 1920 herum gewesen sein, stand auf einer Mistfuhre, wohl um die Fracht zu beschweren, damit sie nicht heruntergleite. Einige sind der Meinung, er habe gesungen, jedenfalls scheint es ihm darum zu tun gewesen zu sein, die unten gehenden Geschwister aufzuheitern. Er wackelte, wie es heißt, mit seinem würfelförmigen, kampferprobten Hintern in einem Takt, der nur ihm selbst verständlich war, breitete seine kurzen Ärmchen aus und klatschte in die Hände – in jenem Schaukel-Rhythmus, den nur wir als ausgewogen empfinden und der deshalb den meisten unserer Tänze eine Art Halt gibt. Dies alles war weiter nicht ungewöhnlich. Einprägsam wurde das Ereignis durch den kurz darauf folgenden Aufprall. Die beiden Ochsen gingen stur voran, wie es ihrer Art entspricht, unbekümmert um diesen Hansel auf dem Wagen. Niemand, Onkel Diez nicht, die ihn begleitenden Mägde und Knechte nicht, auch nicht die Ochsen, denen wohl am wenigsten ein Vorwurf gemacht werden kann, bedachten die geringe Höhe des Eisenbahnviadukts, das wohl an die vierzig Jahre schon an dieser Stelle einen Durchgang freiließ. Bemerkenswert ist ferner, dass der Großonkel, den es vom Wagen mit Wucht herunterwischte, als er mit zerschmetterten Gliedern auf der Erde lag, zu lachen nicht aufhören konnte, was seine Rettung beträchtlich erschwerte und ihm nur zusätzliche Schmerzen bereitete. Aber so sind wir: Bis zur Selbstgefährdung uneinsichtig, planlos und hirnmatt, dabei von einem Humor, den unverwüstlich zu nennen weit untertrieben erschiene.

Besonders die Frauen der Sippe haben naturgemäß unter ihrem plumpen Erscheinungsbild zu leiden, sobald sie das gesicherte Geviert der Heimat verlassen. Die charakteristische Nase, seltsam breit in der Mitte, dabei am unteren Ende spitz zulaufend; ein von häufigem Stolpern unterbrochener, schwerfälliger Watschelgang, der jedweder Anmut entbehrt; jene affenhaft vorgebogenen Arme, deren permanentes unfreiwilliges Ausschwingen Angriffslust signalisiert, gaben den körperlich privilegierten Nachbarn schon immer Anlass zu Scherzen, bösen Vergleichen und herabsetzenden Zoten.

Als hätte der Herr in seinem Unwillen nicht schon genug Häme über uns ausgegossen, sorgte er endlich für ausgeprägt bäuerische Familiennamen: Wir heißen Kumpff, wir heißen Gorxheimer-Strippler und wir heißen Kottmüller, wobei gesagt werden muss, dass die Mehrzahl derer, die gezwungen sind, mit uns in Kontakt zu treten, das „O" langgezogen aussprechen, so dass die Annahme naheliegt, unser Amt sei das beständige Umrühren von Fäkalien.

Dabei sind wir doch immer Bauern gewesen, Schweinehirten, Schlachter; zu höherem Handwerk hat es leider nie gereicht. Man schaue sich nur unsere Hütten an! Keine Bequemlichkeit, kein Komfort, kein Sinn für Ästhetik oder Bildung sind darin zu finden. Die Dinger sind grau, schief und es zieht, winters wie sommers; die Kamine rauchen mehr nach innen als nach oben; es gelingt nicht, die Höfe vor den Türen rein zu erhalten, wodurch bei Regenwetter der Matsch knöchelhoch in die Stuben kommt, bei Trockenheit der Staub, doch die ist selten.

Dass wir nicht längst ausgestorben sind, liegt einzig und allein am Wollschwein. Mit ihm leben wir in einer Art Symbiose, soweit die Erinnerung reicht. Ob das Wollschwein die Sache ähnlich sieht, entzieht sich unserer Kenntnis. Offen gestanden, hat vermutlich keiner von uns je darüber nachgedacht, wozu auch? Hauptsache, es ist da. Es beginnt direkt vor unserer Haustür, und es endet erst viele Morgen weiter droben, am Talrand, wo man die letzten Exemplare unter schlecht tragenden Apfelbäumen erkennen könnte.

Ja, wir nähren uns vom Wollschwein. Vor allem verarbeiten wir es zu Mett. Denn frisches, morgenrotes Mett speisten wir zu allen Zeiten, mit Zwiebeln oder ohne, wenn's sein muss gebraten, seit es Salz gibt und Pfeffer mit Pfeffer und Salz, seltener mit Paprika oder Muskat. Da ist schlechterdings keine Mahlzeit, die ohne Mett vollständig wäre, vielmehr, es bleibt das Zentrum unseres Trachtens und unserer Lust.

„Was gibt's denn heute?"

„Es gibt Mett!"

Dies ist der schönste Dialog, der sich denken lässt. Noch unsere knarzenden Bettstellen würden wir mit Mett einschmieren, wenn es nicht so lecker wäre, so dass wir's herausschmausen müssten, wir würden auf Mett uns betten und mit Mett uns zudecken, wenn wir's nicht im Schlafe aufzuessen strebten und dann in der Nacht frierend erwachen müssten.

Ach Mett, mein liebes Mett, für dich tun wir alles! Auf Graubrot lieben wir dich, in halbe Brötchen hineingequetscht noch mehr, mit alten Kartoffeln oder Nudeln vermengt, doch am liebsten mit noch mehr Mett: auf der Hand, vom Fleischwolf weg in den Mund geschoben, wo noch das Mett von eben mampft. Unsere ältesten Götterdarstellungen, so geht wohl die Überlieferung, waren von Mettkünstlern aus Mett gefertigt und während des Gottesdienstes – oder wie man eine solche Feier damals nennen mochte – krass weggefressen. Drum dürften sich auch keine dieser Götzenbilder erhalten haben, zum Unmut der Archäologen.

Wir machen das so: Da unsere Intelligenz, weder die praktische und die theoretische schon gar nicht, zur Organisation von Schlachttagen jemals zureichte, packen wir uns einen Vorschlaghammer, einen Dreißigpfünder, wie ihn die Vorfahren in den ältesten Tagen benutzt haben, schleichen uns, so gut es geht, an ein Schwein heran – am liebsten von schräg hinten links – und zertrümmern ihm mit einem Schlag den Schädel. Im Laufe der Generationen haben wir dabei ein solches Geschick entwickelt, dass nur selten ein Hieb daneben geht und uns etwa selber das Fußgelenk zersplittert, andererseits, auch das geschieht. Ob diese ausgepichte Methodik auf Tierfreundlichkeit zurückzuführen ist, auf die Vermeidung von

Schmerz beim Schlachten, wer kann es wissen? Immerhin ist es möglich, da wir selbst ja phasenweise als Opfer für die Geschickteren, die Schöneren, die Hochgewachsenen taugten, so an Hinrichtungstagen, gemeinsam mit Katzen und Hunden, als Vorgruppe sozusagen, bevor das eigentliche Schauspiel losging.

Als Hauptattraktion sind nur die wenigsten von uns geendet; zum Stehlen waren wir zu blöd, zum Morden zu leidenschaftslos, Not- oder Unzucht wären uns schon aufgrund unserer hampeligen Veranlagung nicht möglich gewesen. Aber es erfuhren doch manche von uns, was es heißt, den Launen und Böswilligkeiten der vom Schicksal wohlfeiler ausgestatteten Zeitgenossen ausgesetzt zu sein. Gutgläubig, wie wir allezeit waren, latschten wir munter neben den Folterknechten her und kamen niemals auf den Gedanken, dass wir selbst Teil des „grandiosen Spektakels" sein könnten, das uns versprochen worden.

Was die Wollschweine anbetrifft, so ist anzunehmen, dass durch den generationenlangen Kontakt mit uns auch bei ihnen die natürliche Aufmerksamkeit und Hellhörigkeit nachließ, Abstumpfungsprozesse in Gang gesetzt wurden, jedenfalls, es bemerkt nur selten eines der Tiere etwas von der hinter ihm sich versammelnden zerstörerischen Energie. Zockelt aber doch einmal im fraglichen Augenblick eines dieser so kuscheligen wie nahrhaften Viecher ein paar Meter weiter, geschieht dies vermutlich ohne alle Absicht. Denn selbst wenn sie, belästigt vom jappenden Laut des verhinderten Schlachters, sich einmal umdrehen, bringen sie das haltlose Schlingern des aus dem Gleichgewicht Geratenen keineswegs mit sich selbst in Verbindung, sondern tunken sogleich, verträumt und zufrieden, ihre Schnauzen zurück ins allzeit aufgeweichte Erdreich.

Manche – wenige – nehmen an, besagte Wollschweine hätten sich allgemach eine gewisse Gleichgültigkeit gegenüber den Belangen des Lebens zugelegt; womöglich wäre es nicht einmal vermessen, von einer höheren Souveränität zu sprechen, dergestalt, als hätten diese Geschöpfe bereits ein Stadium (das höchste!) erreicht, welches zwar als Ziel des philosophierenden Menschen ausgegeben, kaum aber je von einem solchen im Ansatz erlangt wird: entspannt sterben können.

Fleisch ist ein Gewürz

Benjamin Peifer stellt alles auf den Kopf.
Wir besuchen ein Genie.

„Wenn ich die richtige Geschichte erzähle, wird mich meine Mutter enterben."

So weit wollen wir es nicht kommen lassen. Doch so viel dürfen wir hoffentlich andeuten: Benjamin Peifers Karriere beginnt tatsächlich mit dem Gedankenspiel des Knaben, ob der Pfannenkuchen der Mutter nicht optimierbar sei.

„Es muss doch noch etwas anderes geben auf der Welt", grübelt der Schüler. Und wird erst einmal Bäcker, so geschehen zu Weingarten, mitten im Pfälzer Flachland. Grundausbildung.

Wer heute im Gourmetlokal „Urgestein" nach vier bezirzenden Amuse-Bouches ein Körbchen gereicht bekommt, assistiert von einer mit Meersalz aufgeschlagenen Nussbutter-Nocke, wird unmittelbar konfrontiert mit diesem Abschnitt aus der Vergangenheit des frühvollendeten Kochs: Dem Brot ist ein kompletter Gang gewidmet, „weil Brot absolut keine

Selbstverständlichkeit ist". Es wird auch kein Scheibchen nachgereicht – die Güte der Speise spricht für sich selbst.

Anderthalb Jahre hat Peifer an der Rezeptur gefeilt. „Wir haben versucht, der regionalen Tradition zu entsprechen, mit Kümmel gearbeitet und so ..."

Mit dem „und so" wollen sich zahlreiche Gäste nicht zufrieden geben; beharrlich fragen sie nach dem Rezept. Aber nichts da! Sie erfahren bestenfalls, dass alte Getreidesorten wie Emmer, Einkorn, Quinoa Verwendung finden. Und ein kleiner hauseigener Sauerteigansatz. Das Ergebnis ist staunenerregend. Man kommt sich vor, als würde man zum ersten Mal Brot essen.

Im Steinhäuser Hof, wo Neustadts Altstadt am ältesten ist

Wer den Steinhäuser Hof betritt, unweit vom prachtvollen Neustadter Marktplatz, sieht sich unwillkürlich um, ob nicht Applaus aufbrandet. Man befindet sich mitten in einem Bühnenbild, wie wir es aus Wagners „Meistersingern" kennen – hutzeliges Fachwerk, schräg vorkragende Erker, geschnitzte Galerien. Und im Hintergrund das „Urgestein", eines der am höchsten gepriesenen Gourmetlokale der Pfalz. Ledersessel, filigrane Blütenrankenlampen unter kreuzgewölbter Klinkerdecke. Man staunt dreimal: Wenn man reinkommt. Wenn man sich niederlässt. Und wenn man noch einmal aufblickt.

Aber damit fängt das Staunen erst an. „Wir sprechen hier von 17 Einzelgerichten", nummeriert Patron Hanno Rink, was in Gestalt eines Menüs auf den Gast zurollen wird. Inszenierung? Aber selbstverständlich. Der Vergleich mit einem Opernbesuch liegt, wie angedeutet, nahe. Rink bestätigt: „Das trifft es ganz gut. Wir haben fast keine Geschäftsessen. Die Leute kommen von weit her, um sich komplett dem Genuss hinzugeben." Der Vorhang bleibt nicht lange zu. „Man setzt sich nieder. Und das Programm beginnt."

„Gequellde mit weißem Kees." Klingt extrem nach Sterneküche, oder? Tatsächlich handelt es sich um das erste Häppchen, das den Weg von der Küche zum Tisch findet. „Kartoffelchip, Kräuterquark, Paprika." Aber Achtung: Es könnte sein, dass man nach dem Genuss ein paar Wochen keine Lust mehr hat, zu Hause das bekannte Leibgericht zu kochen ... Ein Tribut an die Pfalz also, dem weitere folgen werden.

Zum Beispiel die nächste Kleinigkeit: Elmsteiner Forelle von Dominik Haas. Auch das dritte Amüsierstückchen, „Pälzer Gold – konfierte Kartoffel und Essenz, Zwiebelcreme und Nussbutter" – spricht denselben Dialekt. Und noch einmal Elmstein: Saibling als Fish and Chips, eine, wie der Küchenmeister titelt, „regionale, skandalöse Version."

Und die Weine? „Wir sind wohl das einzige Sternelokal weltweit, das nur Pfälzer Wein auf der Karte hat", grient Hanno Rink. Und zwar nicht nur die Stars, auch kaum Bekannte und völlig unbekannte Winzer bestücken den Keller.

Benjamin Peifer, eine Pfälzer Karriere

Neustadt an der Weinstraße ... Benjamin Peifer hätte es nicht weit gehabt. Doch ein bisschen muss ein Held herumreisen, bevor er sich die Stätte seines Wirkens erobert, das verlangt die klassische Dramaturgie. Also lernt der junge Fant zunächst einmal in einem kleinen Landgasthof in Haßloch, bevor er im Ketschauer Hof zu Deidesheim seine lebenslange Liaison mit der haute cuisine anfängt. Mit dem nächsten Schritt, ins renommierte „GästeHaus Klaus Erfort" nach Saarbrücken, steckt Peifer seine Grenzen ab. „Drei-Sterne-Küche, das hab ich da gelernt, ist nicht so ganz mein Metier."

„Was es bedeutet, regional zu kochen", erfährt der Wandergesell dann im „Hofgut Ruppertsberg" bei Jean-Philippe Aiguer. Und im „Paulinerhof" bei Trier kommen die ersten Meriten: 7 Pfannen im Gusto-Magazin für den Küchenchef! Da ist er gerade 23.

Die Verpflichtung ins „Urgestein“ war für Steinhäuser Hof-Chef Rink eine Entscheidung fürs Unkalkulierbare: „Anfangs war nicht klar, wo die Reise hingeht. Aber Benjamin ist eine Ausnahme; kein Koch, der nur arbeitet, um Geld zu verdienen.“

Kommen wir zu einer umwerfenden Entdeckung, das Wort Revolution scheint ausnahmsweise einmal nicht zu hoch gegriffen: Fleisch – in der Sterneküche nach wie vor unangefochten das Zentrum aller Bemühungen – spielt im „Urgestein“ durchaus keine Hauptrolle. Der Sternekoch nimmt es zum Würzen! Wenn etwas Reh (vom Hambacher Schlossberg) auf den Teller kommt, so sind es vielleicht gerade einmal 40, 60 Gramm ... Ein kulinarischer Paradigmenwechsel? Aber hallo!

Halbwilde Enten und Wollschweine werden aus Zweibrücken geliefert, inspirierend für lukullische Reisesouvenirs: „Erinnerungen an Denia“ nennt Peifer einen Gang, der luftgetrockneten Schweinebauch, welcher mit Paprikaglasur gegart wird, beinhaltet. – Vom vegetarischen Vier-Gang-Menü bis zum Sechs-Gang-Menü öffnet sich ein Abenteuerland mit Unvergesslichkeitsgarantie, darunter Rochenflügel in Vadouvanbutter glasiert mit Linsen und Spitzkohl oder gar ein „Bienenstich Intense 2.0.“ Etwa 80 Prozent der Gäste wählen die empfohlene Weinbegleitung.

„Kleine Gerichte, die nicht satt machen, aber glücklich."

Da gibt es noch etwas, woran Rink und Peifer eine ganze Weile gewerkelt haben. Es handelt sich um das älteste Häuschen der Stadt, vorn, zur Gasse hin. Im September 2015 wurde die „Urgestein-Weinbar" eröffnet, ein absolutes must drink für die Aficionados der Region. „Mit unseren Speisen", erläutert Benjamin Peifer, „wollen wir den Wein nur unterstützen. Nur so 'n paar Snacks, lecker und geil." Das wäre? „Hausgemachter Pancetta zum Beispiel, frisch von der Schwungrad-Aufschnitt-Maschine." Und sonst so? „Forelle aus dem Pfälzer Wald. Aber wie Unagi gebeizt und glasiert. Alles nach dem Motto: Kleine Gerichte, die nicht satt machen, aber glücklich."

Wir vermuten ja, dass sich manch einer in die Bar einschleicht, vor allem um vom Brot des Bäcker-Kochs zu naschen. Eine Maßnahme, die Anspruch erheben darf, verziehen zu werden.

Sowohl den Steinhäuser Hof als auch Benjamin Peifer gibt es noch (zum Glück), aber seit einiger Zeit nicht mehr gemeinsam.

PRIMI PIATTI

Käse zu Beginn?

Natürlich Pasta! Ihr zu Ehren haben wir für diese Rubrik die italienische Bezeichnung gewählt – primi piatti. Allerdings auch, weil wir im Deutschen gar keine Entsprechung haben. Die traditionelle (etwas krachlederne) Abfolge Suppe – Hauptspeise – Dessert lässt für derartige Fisimatenten keinen Platz. Allenfalls in der gehobenen Bürgerküche begannen sich zur Gründerzeit „Zwischengerichte" zu etablieren, nicht zu verwechseln mit den neckischen entremets der Haute Cuisine. Kleinere Speisen (die dem Büromenschen heutzutage für den ganzen Tag vollauf genügten) wie etwa ein Rindertartar mit Ei oder eine gefüllte Pastete mit Salat ließ sich der Kommerzienrat schon mal schmecken, bevor es an das „richtige Essen" ging, also Fleisch mit Sättigungsbeilage.
In Cafés mit Patina finden wir noch immer einen Nachklang dieser Entwicklung, da die meisten außerhalb des Süß-Zirkels angebotenen Speisen ziemlich genau dieser Vorstellung entsprechen.

Für die Pasta in ihrer Tausendfältigkeit, von penne tirolese im Norden bis zu sarazenisch beeinflussten

Orechiette mit Fenchel, Sardinen und Sultaninen gelten andere Regeln. Es herrscht eine Art Selbstverwaltung. Kein Gericht der Welt steht in der Achtung der Nudelisten höher als die Pasta. Zumal in Studententagen kommt es oft zu Selbstexperimenten mit Spaghetti aglio olio peperoncino: bis körperliche Verfalls- oder gar Überdruss-Erscheinungen festgestellt würden, könnten Wochen, wenn nicht gar Monate ins Land ziehen ...

Vor allem Wiener Autoren haben dieser gewissen Trauer nachgespürt, die sich unvermittelt einstellt, wenn der zu Würstel oder Schnitzel gereichte Erdäpfelsalat zur Neige geht. Sicher, es geht um Liebe. Um eine leicht einseitige zwar, doch begleitet von ähnlichen Empfindungen beim Verlassen-Werden. Der Kartoffelsalat, eben noch greifbar in all seiner Schlonzig- und Anschmiegsamkeit, ist auf einmal verschwunden – schrecklich! Wie lange wird es dauern bis zum Wiedersehen? Bonmots von Spitzenköchen wie: „Ein Tag ohne Kartoffelsalat ist ein verlorener Tag!" können in dieser Intensität höchstens noch auf die Pasta übertragen werden. Übrigens, kein Wunder, dass es die aus Salatkartoffeln, Zwiebeln, Essig, Öl und Fleischbrühe zubereitete göttliche Unscheinbarkeit ebenfalls in die Ecke fürs Pikante der Kaffeehäuser geschafft hat, dann meist assistiert von einem Paar Frankfurter Würstchen.

Zurück nach Italien. Der Risotto gehört gleichauf mit der Nudel zu den „ersten Tellern“, wobei noch mehr Gewese um seine Verfertigung betrieben wird. Ob milanese mit Safran oder mit Geflügelleber oder Tintenfischtinte, ohne die schon mehrfach gepriesene gute Brühe kann kein Ehrenkranz errungen werden. Dass dem rechtgläubigen Parmesan, ganz gleich ob bei Pasta oder Risotto, eine entscheidende Rolle zukommt, wird von niemandem ernsthaft bestritten werden.

Womit wir das Thema „Käse zu Beginn oder am Ende des Menüs“ gestreift, besser: angerieben hätten. Das eine tun, das andere nicht lassen, rufen wir uns in Erinnerung und orientieren uns einmal mehr an den entspannten Schweizern, die es locker fertigbringen, ganz am Anfang ein paar Möckli, zwischendurch ein Fondue und zum Schluss eine mehrteilige Käseplatte zu verspeisen.

KINDERKARTE

Lied von der Freude, ein Pomm-Fritz zu sein

Jedes Ding auf unserm Sterne
hat verschiedene Int'ressen:
Menschen LEBEN *meistens gerne,*
Pommes WERDEN GERN GEGESSEN.
So geht nun einmal die Regel,
daran rütteln bringt nicht viel,
nur der allergrößte Flegel
spielt nicht mit bei diesem Spiel.

Wir sind wirklich zu beneiden,
wohlgelaunt und unverkrampft,
gut gesalzen und in Freuden
eins ums andre aufgemampft.

Will ein Pommes sich vergleichen
mit der Welt der Lebewesen,
wird es leider nichts erreichen
und wird nicht mal gern gegessen.
Darum macht nicht diesen Fehler,
lobt das Kind, das Euch stibitzt,
preist auch den Kartoffelschäler
und die Köchin, die Euch schnitzt.

Wir sind wirklich zu beneiden,
wohlgelaunt und unverkrampft,
gut gesalzen und in Freuden
eins ums andre aufgemampft.

So ein Pommes hat gut lachen,
zweifelt nie an seinen Zielen,
muss sich nie Gedanken machen,
niemals Schmerz und Kummer fühlen.
Nichts auf Erden lernt wohl schneller
seinen wahren Lebenszweck:
Erst liegt man so auf dem Teller
und dann ist man plötzlich weg.

Sächsische Klöße

Vorausschicken müssen wir: Knödel. Bzw. Klöße bzw. Gleeße oder auch, im sächsischen Vogtland, Kließ. Nicht irgendwelche Klöße und schon gar nicht nur zwei oder gar einer, wie im feindlichen Preußen als Beilage üblich. Sondern viele, sehr, sehr viele sogar, die durchaus auf Platten aus der Küche herausgetragen auf dem Tisch abgesetzt wurden, denen, glauben wir den Schilderungen einiger, gleichwohl etwas Schwebendes, sprich Überweltliches eignete, wohingegen andere argumentieren, durch jene unnennbare Konsistenz, die eine an Harmonie und Vollkommenheit unübertreffliche Rundung nach oben hin bewirkte, jedoch ein schmiegsames, geoidartiges Abplatten zum Teller hin, habe dieses verkleinerte Modell der Erde mit eben jener gewissermaßen solidarisch Artverwandtschaft bekundet und sich freiwillig zur Schwerkraft bekannt.

Eine schöne Geste.

Die sächsischen Klöße, auch „Grüne Klöße", in der Tat in ähnlicher Weise auch im benachbarten Thüringen zu Ruhm gelangt, beinhalten und versinnbildlichen in Reinform alle Sehnsüchte, denen die Hiesigen zeitlebens obliegen. Keine Fremdherrschaft noch Diktatur, nicht einmal vorübergehende Phasen von Aufstand und Selbstorganisation konnten die Alleingeltung dieses Realsymbols jemals in Frage stellen. So, genau so, wie sie am 1. Dezember 1987, äußerlich beleuchtet von mäßig glimmenden Glühbirnen, wenigen Kerzen und einzelnen durch die Kellerfenster schräg einfallenden Wintersonnenstrahlen, von innen heraus aber barock aufstrahlend in schmelzigem Grüngelb, präsentiert wurden, repräsentieren diese Widerspiegelungen höchsten Perfektionsanspruchs zugleich das sinnliche Vermögen als auch die seit jeher den Künsten zugeneigte Handwerksfreude dieses vorwiegend aus Germanen, aber auch Slawen und Unbekannten zusammengerührten Stammes.

Oh ja, sie bestehen aus Kartoffeln, vorwiegend – aber was sagt das schon? Es muss sie, die sächsischen Klöße, sozusagen pränatal, als Idee schon vor Einführung der Kartoffeln gegeben haben. Dies wird ein jeder nur zu bald verspüren, der sich erkühnt, selbst nicht aus Thüringen oder Sachsen, in öder Nachahmung eine solche Delikatesse herzustellen. Selbst bei striktester Beachtung der Rezeptvorlagen – es fehlt etwas; trotz peinlichster Befolgung der Qualitätsregularien beim Einkauf – es misslingt;

ungeachtet geduldigster Erklärungsversuche wohlmeinender Sachkundiger – niemand wird den sumpfbraunen Brei, der sich im simmernden Salzwasser alsbald ausbreitet, zu sich nehmen wollen.

Geheimnis, Zauber, numinose Prozesse?

Ja, was denn sonst!

Man soll nicht grausam sein. Doch auf eine Beschreibung der Düfte, die dem gerne von in gebräunter Butter gebräunten Semmelbröseln gekrönten Artefakt entströmen, können wir schon aus Gründen der Sachlichkeit nicht verzichten; denn hätte die Versammlung der Sachsen an jenem ersten Tag des letzten Monats dieses Jahres tatsächlich solche Resultate gezeitigt, wenn sie vollkommen kloßlos, knödelfrei verlaufen wäre?

Es ist nicht anzunehmen.

Allein das prompte ekstatische „Hach!“ der Altlinken Rosa Schrowacke beim Auftragen der wohlgeschichteten Pyramiden kann, muss eine gewisse Geneigtheit mitbegründet haben, Stunden später betreffs einer kniffligen Entscheidung mehr Milde als gewohnt walten zu lassen. Insofern muss, soll der sächsische Kloß als solcher, in Sonderheit der als aus der Küche des Ratskellers zu Werdau hervorgehende zu den das Landesschicksal – und somit zumindest auch Europa – mitbestimmenden Faktoren unzweifelhaft gerechnet werden.

Natürlich riecht so ein Kloß nicht einfach nach Butter, Mehl und Eiern. Nicht viel haben die Rohgeriebenen – „Griengenifften" – mit ihren Schwestern, den aus gekochten Kartoffeln zubereiteten oder gar mit den Halb-und-halb-Gemischten zu tun; nicht allein Fluffigkeit und Form, auch die schiere Größe unterscheidet die sächsischen von wohlschmeckenden, jedoch eher proletarischen Ausprägungen, um dass allein die größere Oberfläche mehr und intensivere Duftstoffe abzugeben vermag. So kann der oftmals in Anschlag gebrachte, meist despektierlich gemeinte Vergleich des Kartoffelknödels mit einem Tennisball in keiner Weise greifen; wollte man unbedingt und mit Gewalt eine Referenzgröße heranziehen und dabei nicht ins plump Erotische verfallen, so drängte sich vor allem die Dampfnudel ins Bild, der ja immerhin in einigen Teilen Süddeutschlands ebenfalls eine gewisse Ehrerbietung entgegengebracht wird.

Nein, der Duft eines Grünen Knödels, die sensitive Vorausschickung, womit er den in Riechweite befindlichen Liebhaber um den Verstand bringt, lässt sich nur über den Umweg einer Parabel beschreiben. Man versetze sich auf einen Friedhof während einer Beerdigung ... und stelle sich vor, der zu Grabe Getragene sei ein Mensch gewesen, der einem übel mitgespielt habe. Während nun unter dem grauen Himmel der Geistliche die bekannten Worte spricht, ist man selber damit beschäftigt, die Untaten des Verflossenen zu rekapitulieren. – Da dringt, indessen das Totenglöcklein läutet und die Gemeinde zur Grube vorrückt, ein leiser, nicht nachlassender Duft aus der dem Friedhof gegenüberliegenden Gaststätte, welcher unmittelbar die volle Aufmerksamkeit beansprucht. Gleichzeitig stellt sich eine gewisse Wärme ein, denn es ist Spätsommer, und die meisten beginnen an Kragen, Schlipsen und Knöpfen sanft zu ruckeln.

So ein Kloß riecht also auf jeden Fall nach Sommer.

Während man erwägt, ob man tatsächlich der Tradition folgen und dreimal Erde dem Toten nachwerfen soll und ob dies besser per Hand oder unter Zuhilfenahme des Schippchens, das schräg in einem erhöhten Sandhaufen steckt, geschehe, beginnt es drüben in der Küche mächtig zu brutzeln. Jetzt müssen wir den Bratenduft subtrahieren – denn selbstverständlich gesellen sich süß-würziger Sauerbraten und würzig-süßes Rotkraut zu den Klößen – sonst funktioniert das Gleichnis nicht mehr. Indem sich die ersten Wehlaute in den Mägen der Gemeinde erheben, brechen rotgoldene Sonnenstrahlen durch die Wolkendecke.

Merke: Ein richtiger Kloß duftet nach Sonne.

In einer Mixtur widerstrebender Begehrlichkeiten, zum einen diesem sinnverwirrenden Duft an einem solchen Ort nicht ausgeliefert sein zu wollen sowie (in Gegenbewegung) sich nach vollendeter Zeremonie baldmöglichst in das bereits erwähnte Gasthaus zur Trauerfeier hinüber zu begeben, lockert sich auch diese sittliche Verkrampfung, die man, wer weiß wie lange, dem Toten gegenüber gehegt hat. War es am Morgen noch unmöglich gewesen, den geringsten guten Wunsch für den Verblichenen in Betracht zu ziehen, so weicht der Groll einer gewissen Wurschtigkeit sowie nachfolgend einer unerwarteten Rührung: Eigentlich war er doch kein so schlechter Kerl – und begeht nicht jeder von uns mal einen Fehler? Wie konnte man nur so hartherzig sein ...

Ein echter sächsischer Kloß verbreitet den Duft der Gnade.

Schließlich, nachdem man unter Tränen von dem Herzensbruder Abschied genommen und endlich den Weg zum Leichenschmaus gefunden hat, wird man angesichts der in Überfülle vorhandenen morgenschön leuchtenden, kindlich reinen, überzarten Klöße von einem Gefühl der Zuneigung überschwemmt – zunächst noch für den teuren Toten, alsbald für die Köchin als Urheberin der seidenweichen Geschöpfe, am Ende gar für die Schöpfung selbst.

Ergo duftet ein Grüner Kloß nach Liebe.

„Vor dem Tanze noch Schmaus zu halten …“

Mit Lenau in der Verrenberger Wiesenkelter

Folgen wir einem Reisenden aus alter Zeit. Weit von Süden kam er her, in der Postkutsche über die erschröcklichen Alpen. Die Raue Alb durchmaß der langsame Wagen … und eines Morgens kam er genau hier heraus, zwischen den Rebhängen bei Verrenberg. Er kam nicht umhin, von einem Gnadental zu sprechen. Genau so mögen es die Weinbauern, die im Umkreis ansässig waren, empfunden haben, brachte der Wein doch Gewinn und darum die Möglichkeit, ein bisschen, ein kleines bisschen besser zu leben. Wobei den Hauptgewinn freilich immer die Herrschaft gezogen hatte. Und das waren die Fürsten von Hohenlohe, bis heute Eigentümer des Weinguts und der „Wiesenkelter.“ Über Jahrhunderte war es das einzige Gebäude, das hier draußen stand, wuchtig aus gelblichem Felsstein gefügt, ein Sinnbild von Handwerkskunst und landwirtschaftlicher Tatkraft.

Ein Teich befindet sich nebenan, in den uralte Trauerweiden ihre Zweige tauchen. Es böte sich an, die ehrwürdigen Bäume in Trauungsweiden umzubenennen, so viele jungvermählte Paare finden den

Weg hierher, seit Sabine und Karlheinz Kopf die Wiesenkelter übernahmen.

Auch unser Reisender von früher, nennen wir ihn beim Namen, Nikolaus Lenau, der im Jahre 1832 durch diese Gefilde streifte, hätte seinen Gefallen daran gefunden. Und wer weiß, seine berühmten „Schilflieder“ ... ob nicht die Inspiration dazu von jener Stelle ausgegangen ist?

Drüben geht die Sonne scheiden
Und der müde Tag entschlief,
Niederhangen hier die Weiden
In den Weiher, still und tief ...

Allzu melancholisch wollen wir aber nicht werden, dazu besteht überhaupt kein Anlass. Wir sind ja zu Gast an einem der heitersten Orte Hohenlohes! Hören wir uns um, so gibt es tatsächlich jede Menge weiterer Gründe anzureisen, die landschaftliche Schönheit einmal abgerechnet: Viele, sehr viele Gäste erwähnen zuallererst die Rieslingsuppe, ein beständiges Meisterwerk des Karlheinz Kopf. Mit dem ersten Löffelchen bemerkt man unzweifelhaft den hervorragenden Fond, selber eingekocht, versteht sich. Dieses neckische Süppchen ist so sehr über allen Zweifel erhaben, dass sich sogar, andernorts längst verboten, ein Sahnehäubchen darüber erheben darf.

Alles, aber auch alles, was in die Küche hineinkommt, stammt aus dem Umkreis – Seefisch freilich ausgenommen. Und alles, wirklich alles, was aus der Küche Richtung Restaurant, von zarter Hand getragen, hinausschwebt, ist hausgerührt, -gebrutzelt, -gesotten. Schöpfen wir uns als weiteren Beweis dieses unfassliche Wacholdersößchen zu den Wildbratwürsten auf den Teller: dergleichen erwartet man tatsächlich eher in der cuisine étoilée, nicht janz weit draußen zwischen Wiese und Weinberg. Allerdings bekommen wir in der Wiesenkelter keine Pommes Dauphins, sondern einen Kartoffelsalat dazu, ... also, einen Kartoffelsalat ..., schlonzig ist gar kein Ausdruck. Wir behaupten: Würden die Kopfs gar nichts anderes anbieten als nur diesen Kartoffelsalat, der Laden wäre auch immer voll.

Da wir von Würsten sprachen: Auch deren Qualität rangiert weit über allem, was wir sonst wo zu kaufen kriegen, so dass sich die Frage nach der Herkunft zwangsläufig aufdrängt. „Der Prinz höchst selbst ist diplomierter Forstwirt", bekommen wir zu wissen. Und der Wildreichtum Hohenlohes ist legendär, sprich, auf diesem Teller vereinen sich die Interessen aller Waldliebhaber, Tierschützer und hemmungslosen Gourmets aufs Allerschönste.

Neun Wanderjahre führten Küchenchef Kopf über Garmisch-Partenkirchen nach Österreich und dann zurück in die Heimat. Dass Sabine und Karlheinz heute direkt in der Wiesenkelter (oben) wohnen dürfen, wir gönnen's ihnen von Herzen. Im hocherbauten Hauptraum mit Galerie herrscht eine luftig-beschwingte Atmosphäre. Innenhof und Weingarten bieten an warmen Tagen genau das, was wir uns von einer Landpartie immer wünschten. Und es geht weiter hinauf: Vorm goldigen Wengerthäusle machen am Wochenende Spaziergänger und Radwanderer Halt, um ein Vesper einzunehmen. In Begleitung von ringsum gewachsenen Weinen, versteht sich.

Hören wir zum Beschluss noch einmal unseren Reisenden Nikolaus Lenau, wie er dem Festtagsbraten präludiert:

Um den Eichtisch sitzen die Alten,
Vor dem Tanze noch Schmaus zu halten.
Zum Abschnitt gereicht in der Runde,
Geht das köstliche Weizenbrot,
Und sie führen behaglich zum Munde
Feurigen Wein, tiefdunkelrot ...

„Die Entwicklung ist einfach irre."

Metzgerei Heiko Brath, Karlsruhe

Die Szene spielt heute oder vor 100.000 Jahren, das ist – fast – unerheblich: Der Mann tritt ein. Eine gewisse Aussicht auf Nahrung hat ihn hereingelockt. Er schnopert. Nimmt Augenmaß. Da richtet sich seine Witterung plötzlich nach links. Glückshormone durchschauern seinen Körper. Er ist dem Weinen nahe. Die Augen werden riesig, buschige Brauen schnellen empor – Fleisch! Unwiderstehlich reißt es ihn fort in die richtige Richtung. Schöner geht's nicht: sanft schattendes Violett wie von reifen Zwetschgen, Schattenmorellenrot, zarte Maserung in Marmorweiß. Dry aged, Stück für Stück, wie aus einem Georg-Flegel-Stillleben zurück ins Leben konterfeit.

Ein Wunder!

Freilich, so was Feines hat unser Ur-Männchen niemals besessen. Aber Heiko Brath hat's, der uns die paläolithische Pantomime in seiner Spezialitätenmetzgerei vorführt. Ob auf der Jagd oder beim Einkauf, die Grundprägung ist nun mal ziemlich gleich geblieben, das wissen wir nicht erst seit „Caveman." Jedoch: „Es sind längst nicht immer nur die

Männer", bringt Heike Brath eine feminine Note in die Unterhaltung. Man müsste einmal eine Statistik führen; vielleicht käme dabei doch heraus, dass die auf Fleisch in Top-Qualität kaprizierte Metzgerei ein paar klare Prozent mehr männliche Kunden begrüßt als solche, wo die klassische Aufschnitt-Oma dominiert.

Brath gibt Seminare, Thema Grillkunst. Er wirkt an Büchern mit, etwa zusammen mit Grill-Maniac Tom Heinzle, welcher mit der Kraft der Fantasie das vegetarische Grillen aus den Niederungen der schlappen Aubergine herausgeführt hat. So geht Kulinarik heute: weltoffen, interdisziplinär. Dabei liegt das Ladengeschäft gut versteckt wie Meister Eders Schreinerei in einem Gründerzeitviertel.

Gut versteckt? Man muss nicht Dan Brown heißen, um geheimen Bezugssystemen, die unterhalb der abendländischen Allgemeinkultur verlaufen, mit Lust nachzuspüren. Von einem wegweisenden Winzer, nebenbei Lyriker und Geomant, erfuhren wir, was es mit der Klauprechtstraße zu Karlsruhe eigentlich auf sich hat: Sie sei eine direkte Verlängerung der Champs Elyssées, mehr noch, sie liege auf einer energetischen Zentralachse, die Kraft-Orte auf der Strecke Paris – Odessa miteinander verbinde. Vermutlich schon zur Keltenzeit.

Oder noch früher.

Womit wir schon fast wieder bei unserem Steinzeit-Väterchen wären ... Wem das alles zu hoch gegriffen ist, der mag sich damit begnügen, dass die Klauprechtstraße auch ohne zusätzliche Bedeutungszuweisung einen der letzten echten Boulevards der Residenzstadt darstellt. Im Mittelpunkt steht mitnichten die Haute Couture; es geht um andere Genüsse. Lichte Akazien vor Sandsteinfassaden beschirmen die Gäste des Café Lasch, eine der letzten Konditoreien im Erich-Kästner'schen Sinne. Ein paar Meter weiter: die Metzgerei Brath. Was heißt hier Metzgerei? Stück für Stück wurde der Laden zu einem Genießer-Zentrum auf Slow-Food-Basis entwickelt.

Momentaner Top-Act: dry aged pork, besser: „alte Wutz".

Es handelt sich um nichts weniger als um eine Weltneuheit, erfunden auf Anregung von Sohn Dominik, der den Papa einst in eine Innovationsdiskussion verstrickte.

„Warum machst du nur gereiftes Rind?"

„Weil das so ist und schon immer so war."

„Und warum machst du kein gereiftes Schwein?"

„Weil das verboten ist."

„Und warum ist das verboten?" (...)

Wie es weiterging, man kann es sich vorstellen: dem Vater blieben die Argumente aus, schließlich nahm er „ein supergeiles Kotelett“, hängte es in den Reifeschrank, experimentierte – und entdeckte so ein neues, sagenhaftes Geschmackserlebnis. Spätestens beim prominenten „Ball des Sports“ in Wiesbaden vor 800 Gästen erlebte die „alte wutz“ ihre Weihe zu einem Sehnsuchtsprodukt für Gourmets in aller Welt. Die sensorische Beschreibung überlassen wir Fachleuten und Dichtern.

Die Schwäbisch-Hällische Erzeugergemeinschaft, eine Erfolgsgeschichte, wird von den Braths nahezu seit Beginn begleitet. Artgerechte Haltung bester Sorten, darum geht's, niemals um Billigfleisch.

Es spricht für die Ernsthaftigkeit, wenn ein Metzger äußert: „Wir sollten weniger Fleisch essen. Aber nur noch gutes.“

Schauen wir uns doch einmal um. An der Wand unter den Büchern leuchtet eine neue Eigenmarke hervor, hochwertig designt wie die Erzeugnisse von Ingo Holland: BBQ Rub (Trockengewürz), „Geschmacksretter“ (sozusagen das Gegenteil von Fondor, also „ohne alles Schlimme“), „ehrliches Ketchup“ mit nur einem Viertel Zucker und ein pikant-orientalisches Erdnuss-Zwiebel-Chutney. Eine Etage tiefer finden wir Göttinger Tiefensalz aus Europas einziger Pfannensaline. Wie bei allem, was Brath anbietet: Es schmeckt eine Liga besser als das meiste, was man je probiert hat.

All das, wen wundert's, kommt auch zum Tragen, wenn Heiko Brath auswärts aufkocht. Dann wird die Grenze zur Sterneküche schon mal locker überschritten, wenn nach 30 Stunden bei 60° C die sous vide gegarte „wutze wampe“-Fans in den Wahnsinn treibt. Einen eigenen Wein gibt's natürlich auch dazu, Chardonnay und eine samtige Cuvée aus der Pfalz, „wutze vino“, ebenfalls perfekt in Szene gesetzt.

Sollten wir etwas empfehlen, was bei einem Besuch unbedingt ins Einkaufsnetz gehört, kreischen wir sofort los wie eine New Yorker Hipster-Braut: „Pastramiii!“ Die jüdisch-rumänische Spezialität hat es über Katz' Deli zu Weltruhm gebracht. „Die Sandwichs kann man nicht essen, ohne sich zu versauen“, beruhigt Brath. Den Bausatz gibt's bei ihm: Krautsalat dazu und eine Senf-Käse-Creme.

Gefragt nach einem Alt-Brath'schen Traditionsprodukt, nennt Heiko den Kartoffelsalat, noch immer nach Art seiner Oma gefertigt. „Und die Maultaschen!“, ergänzt Heike, womit wir schon wieder eine Komplettmahlzeit beisammen hätten. – Nur einen Gefallen hat uns das Genießer-Duo noch nicht getan: eine originale „Brath-Wurst“ aufzulegen. Der Scherz kann vielleicht auch keine Slow-Food-Qualität beanspruchen, ist eher Discounter-Niveau. Und so was kommt hier ja nicht über die Theke.

Biss zur letzten Rübe

Schmeckt Bio wirklich besser, einfach anders oder gar nicht?

Am einfachsten geht es mit Rüben. Für folgenden Artikel haben wir doch tatsächlich eine Karotten-Blindverkostung durchgeführt. Um es vorweg zu nehmen: Die konventionell produzierten Discounter-Gelberüben schmeckten nach nix, allesamt wässrig-neutral, hinterließen so gut wie keinen Eindruck, kratzten höchstens ein bisschen im Hals, wenn man Allergie hat. Außerdem braucht man Unmengen davon, um einer Cremesuppe oder einem Stambes etwas Charakter zu verleihen. Bei ökologisch erzeugten Karotten lautete die Beschreibung meist: erdiger, intensiver. Probieren Sie's doch selber mal aus! Man fühlt sich zwar bald wie die Rohkostgruppe im Meditationskloster St. Hildegard, aber das knackige Gemümmel zeitigt unvergessliche Erfahrungen.

Um derlei Beobachtungen anzustellen, muss man keine Sensorikexpertin sein. Kann man aber. So wie Kirsten Buchecker, Leiterin im Sensoriklabor im Technologie-Transfer-Zentrum Bremerhaven. Ihren Forschungen zufolge wird eine Geschmacksdifferenz zwischen Bio und Nicht-Bio in den meisten Fällen bejaht. „Weniger Zusatzstoffe“ lautet einer der Hauptgründe. Einleuchtendes Beispiel: Der Instant-Kakao. Anstatt 80 % Industriezucker enthält der ökologisch erzeugte meist nur unter 40 %Vollrohrzucker. Die Kakaobohnen sind von höherer Qualität, die Behandlung der Inhaltsstoffe schonender. Aber Kirsten Buchecker erwähnt auch eine typisch menschliche „Schutzfunktion:“ Wir gewöhnen uns von klein auf an bestimmte Nuancen, weil wir im Sinne des Überlebens davon ausgehen müssen, dass Mami und Papi uns bekömmliche Nahrung vorsetzen. Und kein Gift.

Wagen wir uns vor in die Praxis und befragen Andreas Swoboda, Experte der Tegut-Kette, die sich mit dem Doppelangebot von ökologisch und herkömmlich erzeugten Lebensmitteln einen Namen gemacht hat. Natürlich misst auch er der Geschmackswahrnehmung eine individuelle Komponente bei. „Doch von Kindesbeinen an wachsen wir seit Generationen mit Vanillin auf.“ Bei Vergleichsproben mit Kunden schneiden darum die „künstlichen“ Joghurts häufig besser ab. Die „echte“ Vanille wird als fremd, als zu extrem wahrgenommen. „Andere Noten wie Butter oder Honig kommen beim gewöhnlichen Joghurt gar nicht zu Geltung, sie werden überdeckt. Ein anderes Beispiel ist die Salami. Hier spielt der Zeitfaktor eine Rolle. Eine Salami, die über mehrere Monate reift, prägt ganz andere Geschmacksstoffe aus." Weniger eindeutig sei die Differenz bei Produkten wie Wein aus Trauben.

Dem würde Thomas Seeger, einer der renommiertesten Winzer in Deutschland seit gut zwei Jahrzehnten, nur bedingt zustimmen. „Der letzte Schritt zur Qualität ist der biologische Anbau", hat er festund seinen Betrieb nach und nach umgestellt. Es sind nicht mehr viele Weinbauern, deren Bio-Erzeugnisse nach Runkelrüben mit Zwiebelessenz schmecken, wie das in den Achtzigern noch häufig der Fall war. Qualitätsorganisationen, darunter Delinat, durchforsten die Öko-Weinberge der Welt nach guten Erzeugnissen.

Die Argumentationskette derer, die auf Gifte verzichten, hört sich schlüssig an: Ungepäppelte, naturwüchsige Reben müssen tiefer wurzeln um zu überleben. So sind sie gezwungen, die tiefere Lithosphäre (Gesteinsschicht) anzuzapfen – mit dem Ergebnis, dass die Weine ungleich mineralischer, individueller ausfallen als ihre Kumpels oben in der einheitlicheren Pedosphäre (Erdbodenschicht).

Ein Phänomen, das beim Wein schon lange zu beobachten ist, zeigt sich vermehrt bei Gemüse, Eiern, Fleisch, Brot und Milch. Manche Leute fahren im Rahmen der Freizeitgestaltung direkt zu „ihrem" Bauern. Indessen die gesundheitsbewusste Mama mit dem Landwirt um den Preis für 10 Kilo gemischtes

Rindfleisch feilscht, streichelt Anna-Lena nebenan im Stall die Kälbchen. Und hinterher trifft man sich im Garten auf der Wiese auf einen Humpen Buttermilch. Welch ein Glück, dass Deutschland noch nicht völlig zugebaut ist. Asterix-artig halten sich da und dort Betriebe, deren Besuch die Anfahrt lohnt. Knapp 1.400 Biobauern leben z. B. in Hessen von ihrer Hände Arbeit – und es werden weitere gesucht!

Überall werden Umsatzrückgänge bejammert, doch gibt es tatsächlich einen Bio-Boom? Je nach Branche. Viele sprechen gar von Stagnation. Wir haben uns umgehört, wo „gesunde Ernährung" am meisten geschätzt wird: bei den Kleinen natürlich. In der befragten dritten Grundschulklasse waren fast alle relativ gut informiert, was es mit „öko" auf sich habe.

„Das ist so, dass man sich beim Essen wohl fühlt", beschreibt die kleine Pauline den emotionalen Unterschied. Und es klingt gar nicht auswendig gelernt.

Die Klassenlehrerin assistiert: „Ich merke das besonders beim Salat. Der ist viel griffiger."

Der neunjährige Tuncer formuliert emblematisch: „Bio, das ist doch, wo mehr Platz ist."

Genau, für Pflanzen wie für Tiere. Und gerade Letztere, das bestreitet heute kein Spitzenkoch mehr, schmecken bedeutend besser, wenn sie erst herumwetzen dürfen, bevor's zum Schlachter geht.

Natürlich ist Bio nicht gleich Bio, auch in punkto Geschmack nicht. Im oben angeführten Selbstversuch übrigens gingen die Rüben von Opa Walter eindeutig als Sieger hervor. Warum auch immer: Selbstgezogenes ist meist uneinholbar. Das nächste Mal laden wir vielleicht besser ausgebildete Fachkräfte ein: auf Babynahrung spezialisierte Feldhäsinnen. Die erledigen das dann für uns, während wir uns aus den verschiedensten Rübchen ein Gemüschen kochen: weiße und gelbe Rüben, Topinambur, Pastinake, Petersilienwurzel, Kartoffeln, auch Sellerie sehr klein würfeln, kurz in Butter schwenken, mit Zucker ankaramellisieren und mit etwas Salz 15 Minuten im eigenen Saft köcheln lassen. Die Beilagen überlegen Sie sich mal schön selber.

MAIN DISHES

Manche freilich II

Die einen lagen sonntags früh,
Derweil schon Bratensäfte rannen,
Schlafwarm in sanften Badewannen
Wie Medaillons in Morcheljus.

Die andern zogen mit Geduld
Den Wagen, randvoll mit Prospekten,
Der, kaum dass sie im Briefschlitz steckten,
Noch schwerer ward von fremder Schuld.

Bedenkenlose Fresser

Kennen Sie das? Immer, wenn das Zentrum des Interesses angesprochen wird, der recht eigentliche Wesenskern bestimmt werden soll, befällt einen eine vielleicht heilige Scheu. Ob es sich dabei um Relikte aus quasi-magischen Zeiten handelt oder ganz profan um Schüchternheit vor der Prüfungskommission, jetzt und an dieser Stelle wäre jede Zurückhaltung unangebracht – es sei denn, Sie möchten dem Staunen Raum geben. Tun Sie das, bitte! Denn hier kommt (Fanfare in C-Dur!) die Hauptspeise. Klingt komisch, aber in vielen Haushalten gibt es gar nichts anderes. Frühstück, Mittagessen, Abendbrot, satt. Vielleicht wird in ein paar Jahren auch das Hauptgericht verschwunden sein, ersetzt durch den im Gehen reingefummelten Tuna-Bagel. Die Pizza aus der Papp-Packung. Die Gefrierkost-Chicken-Nuggets mit Dip.

Unter die zehn beliebtesten Gerichte schaffen es in Deutschland heute gerade einmal zwei bis drei altüberlieferte, Rouladen selbstverständlich und Sauerbraten natürlich. Na ja, und das Schnitzel. Nein, falsch: Das Schnitzel tritt in unserem Zusammenhang weiter südöstlich auf, denn das echte und wahre Wiener hat mit dem Schweinepestwahnsinn aus der Fritteuse nichts zu schaffen. Regional träten noch Labskaus mit Spiegelei, Grünkohl mit Mettenden, Rippchen mit Kraut, Blaue Zipfel und Rostbraten in den Zirkel. Drehen wir die Runde durch die Nachbarländer, gesellen sich unter anderen Geschnetzeltes mit Spätzle, Choucroute garnie und Baeckeoeffe, allerlei Fischgerichte, gebacken oder in Soße, und natürlich Schweinebraten mit Knödeln hinzu.

Ist doch schon mal nicht nichts, oder? Was die Avantgarde daraus macht, sorgt häufig für Verwunderung, nicht immer positive, bei uns aber schon. Wie heißt dann so ein landläufiges Oma-Essen, reduziert aufs Maximum? „Schwarzwurst-Crumble / Steckrübe / Variationen vom Bamberger Hörnle." Oder so ähnlich. Wobei die Blutwurst womöglich neon-lila in Perlenform, die Rübe als Block und die Kartoffeln in Tupfen, geschlängelt, kariert sowie als blauer Rauch in einem gefrorenen Luftballon auf der 50 x 50 cm-Designerplatte arrangiert wären. Man kann sich natürlich darüber lustig machen. Man kann sich auch über van Gogh lustig machen, wenn man über ausreichend Herzensrohheit verfügt.

Auf der mondabgewandten Erdhälfte aber spiegelt noch Erinnerung über der Fläche des abgrundtiefen Zerwürfnisses. Wir meinen Kantinenfraß. Krankmachendes Krankenhausfutter. Dreck statt Glück. Zu keiner Lüge fähige Rezepte werden zugrunde gerichtet, die altdeutsche Bratwurst etwa, mit Rosenkohl und Salzkartoffeln; Buletten, Blumenkohl und weiße Soße; Königsberger Klopse mit Reis. Die Lebensmittelindustrie nimmt die Rolle des Henkers ein, die bedenkenlosen Fresser sind das Publikum bei der Massenhinrichtung. All das hat dem Ansehen der Heimatküche mehr geschadet als die 90er dem deutschen Fußball.

Ist Ihnen etwas aufgefallen? Fleisch, überall Fleisch! Klar, die traditionelle Abhängigkeit von Geschlachtetem scheint nirgendwo so ausgeprägt wie bei uns. Vielleicht daher die neue Freude an Erlösern wie Yotam Ottolenghi und weiteren Internationalen, die das Wunder vollbringen: so intensiv geschmackvoll kochen wie mit Fleisch, nur ohne! Wer über vegetarische oder vegane Hauptmahlzeiten spottet, erweist nur seine eigene Unkultur, siehe oben.

KINDERKARTE

Helene im Himmel

Helene fühlte sich so wichtig wie noch nie. Calli fiel nichts ein! Jetzt war sie dran. Von einer dieser freundlichen Kuchenbuffet-Frauen, die mit ihren Tändelschürzen selber ein wenig wie Gebäckstücke aussahen, ließ sie sich heiße Schokolade bringen und setzte sich ins hellste Eckchen des Frühstücksraums, da war um die Zeit sonst keiner. Sie konnte jetzt auch wirklich keinen gebrauchen. Ein wenig an der Schokolade schnuffeln – ah, herrlich! Ein wenig in den goldblauen Himmel emporlunzen – oh, schön! Und dann in Schreibschrift auf ein Blatt Papier schreiben: „Herbstmenü“.

Hm. Das sah schon mal ganz gut aus. Aber jetzt ging's erst richtig los! Dass Herbst war, konnte man ja überall sehen. Aber wie macht man aus einem Herbst ein Abendessen? Eines, das auch den verwöhntesten Gast einfach umhaut? Helene wetzte ihre Phantasie ... Sie dachte an die Herbstspaziergänge mit ihrem Opa durch den Stadtpark, auf den Friedhof. Und ins „Wäldchen,“ ein übrig gebliebenes Baumstück zwischen Autobahn und Neubaugebiet. Dort hatten sie Bucheckern gesammelt. Bucheckern! Das war es. Ganz bestimmt: Trüffel, Austern, Kaviar, das teure Zeug kannten die Gäste doch bis zum Überdruss. Aber Bucheckern ... hatten sie vielleicht noch nie gegessen.

Was gab's denn noch? Klar, Eicheln und Kastanien hatte sie auch immer gesammelt. Wenn sie sich recht erinnerte, hatte Opa was von Eichelkaffee erzählt. Klang scheußlich, aber wer weiß, vielleicht konnte man irgendwas daraus machen. Außerdem? Blätter. Zum Dekorieren, sowieso. Aber konnte man Blätter essen? Nö. Doch! Manche. Lorbeerblätter zum Beispiel. Oder welche aus Schokolade. Ah ja ...

All diese Ideen schrieb Helene auf die Rückseite des Blattes. Nun musste sie nur noch zusammenstellen, was daraus werden sollte. Und auf die Vorderseite unter „Herbstmenü" notieren. So, wie sie es Dutzende Male bei Calli und Francesca gesehen hatte. Erst die Appetitanreger, dann die Vorspeisen, Süppchen, Salätchen, den ersten Hauptgang, vielleicht etwas zum Abregen dazwischen, zweiter Hauptgang, Desserts, vielleicht Zigarren, Kaffee und Cognac.

Helene schrieb. Sie hatte das Gefühl, sie müsse sich eilen. Sonst wäre es vielleicht zu spät und Calli hätte schon was anderes! Entsetzlich! Helene schrieb und schrieb. Schließlich übergab sie das Blatt Francesca: „Du, kannst Du mir helfen? Ich weiß nicht so genau, was da für Weine dazu passen, weil, ich trink ja noch keine. Weißt du, Calli ist ganz unglücklich, weil ihm für heute Abend nix einfällt, also für den Geburtstag von diesem Intriganten oder so. Sind sicher Rechtschreibfehler drin. Hilfst du mir?"

Francesca lachte. Dann nahm sie das Blatt. Las. Und fiel nach hinten. Sie fiel tief, in einen Korbsessel hinein, dass es nur so knarzte. Aber da blieb sie nicht sitzen. „Calli!" schrie sie auf. Und raste, mit dem Blatt wedelnd, Richtung Küche. Und Helene hinterher, versteht sich. „Callicallicalli, du musst dir das ankucken, was die Helene ... also das gibt's nicht! Für heut Abend! Kuck doch mal, lies doch mal ..."

Eindeutig, Calli hatte weder Lust noch Zeit, das sah man ihm immer schnell an. Aber was tat er nicht alles für Helene! Er konnte ja nicht ahnen, dass sie diesmal etwas für ihn getan hatte ... Und Calli blieb die Spucke weg. Er trommelte das Personal zusammen: Köche, Spüler, Kellnerinnen, was so in der Nähe war. Er las nicht, er deklamierte. Wie ein Gaukler auf einem offenen Markt. Das war dermaßen irre, dass es Helene nicht einmal peinlich war.

„Höret!", begann er, „höret und verneiget Euch. Denn wisset, was diese elfjährige Hotelfachkraft da für ein Buffet entworfen hat. Für den Empfang heute Abend. Und ich sag es gleich, ich werde nichts daran ändern:

Herbstbuffet

Apfel- und Birnenchips in Blätterform mit
pikantem Kürbis-Dip. Dazu Apfelschaumwein.

Cappuccino von gerösteten Eicheln
unter Steinpilzschaum.

Feldsalat mit tagesfrischen Bucheckern
an Walnussdressing. Dazu irgend so ein
Weißwein, der nicht so sauer ist.
Mit Ziegenkäse und Lavendelhonig gratiniertes
Kastaniencrèmesüppchen, Kürbiskernbrot.

Fisch aus einem Waldbach
im Mandelmantel, in Butter gebraten,
mit Dampfkartoffeln und Herbstkräutersoße.

Joghurt-Pflaumensorbet. Dazu Birnensekt.

Wildschweinbraten in Lorbeerblätter gerollt,
Kastanienrotkohl, mit Rotkappen gefüllte
Kartoffelklöße. Dazu nicht ganz so
furchtbar schweren Rotwein.

Kleine Quittenkaltschale.
Italienische Kaffeeauswahl

Haselnussbiskuit,
getränkt mit Schokoladenlikör

Geschichtete Eistorte von Kastanien,
Quitten, Äpfeln und Mandeln

Brände von Obst, das im Herbst geerntet wird.

Verschiedene Zigarren,
dekoriert mit Herbstblättern."

So las Calli. Und die Leute schwiegen. Und kuckten Helene an. Ungläubig, fast ein wenig scheu.

Denkt Ihr, das ist übertrieben? Seid Ihr der Meinung, ein Mädchen, das in die fünfte Klasse geht, kann sich so was gar nicht ausdenken? Merkwürdig. Wenn eine fünfjährige Japanerin ein Geigenkonzert spielt, das die meisten Erwachsenen niemals hinbekämen, dann ist das in Ordnung. Aber wenn ein Mädchen eine Speisenfolge, die eines Sternekochs würdig wäre, erfindet, dann glaubt's mal wieder keiner. Oder doch?

Fest steht jedenfalls: Auf dem Gebiet der feinen Speisen und ihrer Zubereitung ist Helene, kaum drei Monate überwiegend wohnhaft im Grand Hotel, eine Hochbegabte. Das empfinden auch alle, die jetzt um sie herumstehen und sie angaffen. Callis Laune eine Hochbegabte. Das empfinden auch alle, die jetzt um sie herumstehen und sie angaffen. Callis Laune hat sich innerhalb kürzester Zeit enorm gebessert; plötzlich sprüht er vor Lebensfreude, gibt Anweisungen, fragt hier etwas nach, dirigiert dort und notiert anderswo. Kurzum, Calli organisiert den Abend.

Und dann zieht er sich seine Jacke an.

„Wo willst du denn hin?“, fragt Helene.

„Dorthin, wo auch du hingehst.“

„Ja, aber wo ist das?“

Calli nimmt Helene am Arm und zieht sie mit sich nach draußen.

„In den Wald, Bucheckern sammeln.“

Sternenreise am Oberrhein

Bei der Verteilung der Glücksgüter ist der liebe Gott nicht demokratisch vorgegangen: Mit Sicherheit zählt die Region am deutsch-französisch-schweizerischen Oberrhein zu den privilegierten. Die hier leben und arbeiten, bekommen sie manchmal ein schlechtes Gewissen ob der Fülle der guten Gaben? Nein, viel besser: Sie führen ein offenes Haus, sie teilen ihre Schätze und laden von Herzen gerne ein. Alles, wonach Genussmenschen sich sehnen, ist hier im Übermaß vorhanden: Landschaften voller Zauber; alte Städte, steingewordene Zeugnisse einer geistig wie handwerklich regen Geschichte; zudem und vor allem eine der Feier des Lebens zugewandte Daseinsart, die in Kunst und Küche ihren schönsten Ausdruck findet.

Région trinationale ... Versucht man, abseits von Verwaltungsbegriffen ein Bewusstsein davon zu erlangen, was es bedeutet, wenn ausgerechnet Frankreich, Deutschland und die Schweiz so innig zusammenwirken, gerät man ins Staunen, als wäre einem soeben ein Menü aus der Sterneküche serviert worden:

Zwei ehemalige Erzfeinde sind mit von der Partie, außerdem der Nordteil einer Nation, die traditionell nichts unversucht lässt, neutral, autonom ... und ein wenig unberührbar zu bleiben. Ein wesentliches Band, der alemannische Dialekt, tritt gegenwärtig in den Hintergrund; er stirbt nicht aus, beileibe nicht, nur die „tiefen Dialekte" verschwinden allmählich.

Es erscheint folgerichtig, dass sich in dem gebenedeiten Land zwischen Alpen, Schwarzwald und Vogesen eine derartige Hochblüte kulinarischer Kultur entfalten konnte, die 1.000 Spitzenrestaurants ließen sich aufführen, wovon etwa 70 auserlesene Betriebe gewissermaßen die Avantgarde bilden: ausgezeichnet mit reichlich Gault-Millau-Punkten, einem Michelin-Stern oder gar mit mehreren und dies oftmals seit vielen Jahren. Hand in Hand mit hervorragend ausgebildetem Personal erschaffen namhafte Küchenchefs immer neue Glücksräume, worin wir uns ergehen dürfen. Zielstrebig und sensibel, fantasievoll und beharrlich, virtuos und sachverständig verwandeln diese Künstler des Südens die vorzüglichsten Produkte. Es sind Genies, die herausragen aus dem Zeitgeschehen, glänzende Artisten: gemäß der Tradition, mit wachen Sinnen für das beste Neue. Der Anspruch? Immer der höchste. Drunter machen sie's nicht.

Sterneküche ... Immer wieder hörte und las man zuletzt von enormen Schwierigkeiten, bewirkt durch Krisen der Ökonomie. Nicht selten grundiert von kleingeistigem Neid und wohlfeiler Häme, riefen mehr oder weniger befugte Journalisten schon das „Ende der Gourmetküche" aus. In der Tat, niemand zeigt sich von derartigen Entwicklungen unbeeindruckt – doch umso erstaunlicher, mit welcher Ruhe und Weitsicht die meisten besternten Gastronomen reagieren. Vor allem ein Element kommt hierbei zum Tragen, das in der Außensicht schwerlich recherchiert werden kann: die Treue der Stammgäste. Hippe Unternehmensberater würden von „Kundenbindung" raunen ... Wie dem auch sei, die Elite der Köche und die Elite der Schleckermäuler verbindet eine süße Interdependenz, will heißen: Wer sich einmal in Kalbsbries-Variationen mit Gänseleber und Trüffel verliebt hat, verzichtet eher auf den Drittwagen oder den winterharten Außenpool.

Neben der Orientierung an friedsam-biologischen Produktionsmethoden wird als Trend immer wieder Regionalisierung hervorgehoben; gibt es also in Basel demnächst nur noch Mehlsuppe, in Colmar Baeckeoeffe und in Karlsruhe Schäufele mit Sauerkraut? Bewahre! Vielmehr scheint der Fall zu sein, dass die himmelsnah agierenden Küchenchefs mit Freude beibehalten, was sie sowieso schon immer getan haben, nämlich die besten Erzeugnisse aus dem Umland zu erwerben, weil dies die frischesten sind. Insofern ließe sich gegen die Totschlagargumente der Asketen behaupten, dass man auf diesem Sektor lange schon seiner Zeit voraus ist. Andererseits wird auch vor internationalen Transaktionen, vor gewagten, kostenintensiven Fernimporten nicht zurückgescheut, wenn es gilt, ein Gericht mit höchster Delikatesse zu adeln; hier geht unter Umständen aristokratische Erlesenheit vor political correctness. Für ihre Gäste wählen Sterneköche eben immer nur das Feinste. Drunter machen sie's nicht.

Notabene, es handelt sich um Hochkultur. Gewachsen auf nahrhaften Böden, hervorgegangen aus lokalen Überlieferungen, die mit Liebe, ja Hingabe gepflegt werden, blieb es einzelnen Idealisten vorbehalten, Inseln der Glückseligkeit, Weihestätten für Feinschmecker zu erbauen, wo Visionen von Gastlichkeit und Wohlgeschmack weiterentwickelt werden. Region der Sterne ... Die Leistungen der gastronomischen Leitfiguren unserer Zeit verdanken sich einem voraussetzungsreichen, virtuosen Zusammenspiel, das Laien ähnlich undurchschaubar bleiben muss wie das Verfassen vielbändiger Romane oder die Konstruktion denkender Maschinen. In Zeiten, da die alten Vermittlungsinstanzen Theater, Literatur und bildende Kunst vor ihrem Publikum mitunter hermetisch sich verschließen, rücken Genusshandwerker in die Rolle von Identitätsstiftern auf. Wie ihre Brüder im Geiste einer neuen Lebenskunst, die Top-Winzer, finden sich die Sterneköche mit einem Male wieder in der Rolle von Stars: geliebt, bewundert – und auf Schritt und Tritt beäugt.

Der Begriff „Kochkunst“ gewinnt neue Bedeutung. Ein Kriterium, das die Besten von den Guten unterscheidet, besteht neben perfekter Technik und Organisation mit Sicherheit im Geheimnis der Inspiration. Es ist eben eine ganz andere Sache, ob ich mich in einem hübschen Landgasthaus an einer gut gekochten frugalen Speise erlabe (was durchaus immer ein löbliches Unterfangen ist) oder den Aroma und Harmonie gewordenen Kreationen eines Kochkünstlers begegne. Diese Begnadeten singen mit Seezungen, sie malen mit Blumenkohl, dichten mit Salbei, denken mit Trüffeln, komponieren mit Rebhühnern und dirigieren ihr Werk mit jungen Frühlingszwiebeln! Die Produkte des gesamten Schöpfungsgartens werden ihnen zu Manualen, worauf sie die genießerischen Lieder der Verführung intonieren. Wie gesagt, drunter machen sie's nicht.

Kein anderer als Jean Anthelme Brillat-Savarin, ein direkter Nachbar gewissermaßen, gebürtig aus dem französischen Jura, dekretiert in seiner Philosophischen Geschichte der Küche: „Laufen wir die

Reihe der Künste hinauf, so ist die Küche die älteste (...). Unter allen Künsten hat uns die Kochkunst sozial den größten Dienst geleistet, denn erst die Not der Küche hat gelehrt, das Feuer zu brauchen, und erst durch das Feuer hat der Mensch die Natur gebändigt."

Bleiben wir noch einen Augenblick bei den Großen des Geistes, die diese Region hervorgebracht und beheimatet hat, von Hans Arp, René Schickele und Marie-Luise Kaschnitz bis zurück zu Johann Tauler, dem mittelalterlichen Mystiker, der zwischen Straßburg und Basel pendelte. Pest und Erdbeben, Tanzwut und Pogrome hinderten ihn nicht, Bilder von einprägsamer Innigkeit zu ersinnen, wie der Mensch trotz aller Widerstände gut und im Einklang leben könne und was seine schönsten Möglichkeiten seien: „Und wurt dem Menschen ein Troppfe in den Munt des Hertzens, ein Smag von Suessekeit ... Er ziehe als viel in sich und trincke mit allem vollen Munde, das er wol truncken wurt ... "

Mystik, das kommt von griechisch „myo", ich schmelze, verschmelze. Darauf nun verstehen sich die echten Künstler aller Sparten am besten: Zustände zu evozieren, wo wir hingerissen, doch mit klarem Verstand erfassen, dass wir Teile eines Ganzen sind, sinnvoll platziert und mit guten Gaben ausgestattet.

Wem das zu schwärmerisch, zu verrückt, zu trunken vorkommt, muss nur einmal einem dieser Köche bei seiner Kunst über die Schulter schauen. Liebe Leute, da geht es nicht zu wie in einem Büro für Finanzwirtschaft, da sind Passionierte am Werk, glühend und unnachgiebig, herrisch bisweilen, launisch – einzig unterworfen dem Diktat ihrer Eingebungen, in summa Diener im Kulte des Dionysos, des Gottes der Genussfrömmigkeit: bedichtet als erfindungsreich, lustvoll bis zum Irrsinn, leicht reizbar, störrisch, doch jederzeit zu einer Orgie bereit. Dass zu beiden Seiten des Rheines seit alters die herrlichsten Reben gedeihen, macht die Sache nur schlimmer: Sinnenfreude und Streben nach Erfüllung höchster lukullischer Bedürfnisse waren und sind hier seit jeher höher angesehen als anderswo. Welche Rolle der Wein, der Verschmelzer schlechthin, dabei spielt, kann gar nicht überschätzt werden. Im intensiven Dialog zwischen Köchen und Winzern entsteht das Wunder einer Gourmetlandschaft, wie sie zu keiner Zeit in solcher Vielfalt existiert hat.

Sicher, alle drängten schon immer hierher, wo es wärmer, fruchtbarer, lebendiger war als sonst wo in Europa, Oberitalien ausgenommen. Hunnen, Ungarn, Spanier und Kroaten kamen in Scharen und plünderten, was das Zeug hielt. Und waren einmal keine auswärtigen Truppen im Land, so taten die

Deutschen und die Franzosen ihr Bestes, sich mitten im Paradiesgarten des Oberrheins das Leben gegenseitig zur Hölle zu machen. Wir dürfen das nicht vergessen, unter keinen Umständen: sonst ginge das Maß der Erkenntnis verloren, welch wundersame Entwicklung in diesen Landen genommen wurde. Einem Menschen des 17. Jahrhunderts kämen die Tränen, wenn er sehen dürfte, wie wir heute miteinander umgehen. Das muss gefeiert werden. Ein paar Jahrhunderte genügen dafür nicht.

Jene Stätten, wo man das am besten kann – und am edelsten – wollen wir besuchen; die Köche im kleinsten Kabuff und die Grand Hotels mit Küchen von der Größe eines Kleinstaats; die liebevoll geführten, exklusiven Pensionen in Urlaubsgegenden, die man nie wieder verlassen möchte; gastronomische Familienbetriebe, wo auf engstem Raum haute cuisine von Weltruf entsteht, aber auch die kulturhistorischen Merkwürdigkeiten der Dörfer und Städtchen ... und wir wollen keinesfalls vergessen, all den Expertinnen und Helfern im Hintergrund Respekt und Dankbarkeit zu zollen: dem Service, den Hausdamen und Sommeliers, ja, auch den Spülern und Reinigungskräften: Ohne sie wären wir schnell am Ende mit unseren Vergnügungen.

„Essen ist einer der drei Zwecke des Daseins; welches die anderen zwei sind, habe ich noch nicht herausgefunden.“ Das berühmte Zitat, entstammend der Feder des Staatsrechtlers und Feinschmeckers Charles de Secondat, Baron des Montesquieu, sei als ein Tribut an Frankreich dargebracht – jene Nation, die in den vergangenen Jahrhunderten am meisten beigetragen hat zur Entwicklung der höchsten Tafelfreuden. Mögen die Zeitläufte noch so ungünstig sein, persönliches Glück offenbart sich, sobald die Amuse-Gueules auf den Tisch getragen werden. Eine ungeheure Suggestivkraft wirkt in der aktiven Hochschätzung all jener fort, die sprichwörtlich mit Herz und Händen eine Kultur des friedlichen Wettstreits schaffen. Wer ordentlich sein Feld bestellen will, seine Trauben hegt, im Wald der Fauna nachspürt oder mit Liebe und Geduld sich seiner Herde widmet, hat überhaupt keine Zeit mehr, auf militärische Expansion zu sinnen. Sämtliche Friedensverträge sind bei Tische ausgehandelt worden, nicht wahr? Die verbindende Kraft der gemeinsamen Tafel wird in Versen besungen, seit der Mensch den Mund aufmacht. Fügen wir unseren Teil dazu bei!

Und wie stellen wir das an? Nun, wir begeben uns auf Sternenreise, hoch hinaus ... und immer höher. Wir geben uns hin den souveränen Könnern der Nordschweiz, die schon immer – und zu Recht – im Rufe standen, dem Eigenen, Autochthonen, das Beste hinzuzufügen, was die Nachbarn zu bieten haben.

„Unsere Intensität wird entscheiden, ob sich die Güter dieser Erde in unseren Händen zu Gold oder zu Staub verwandeln", orakelt Landsmann Dürrenmatt. Voilà, die Schweizer haben sich entschieden. – Durchstreifen wir das Elsass bis zu den Höhen der Vogesen und lassen uns überwältigen von einer Küche, die, der nördlichen Schweiz darin nicht unähnlich, sich seit jeher aufs Amalgamieren versteht, auf die Verschmelzung (sic!) der unterschiedlichsten Einflüsse. Durchaus, es ist zu spüren, kaum dass man den länderverbindenden Rhein überschreitet: Diese Teilregion ist einfach näher dran an Paris, der Fisch ist frischer, die Märkte sind bunter, es wird prozentual weitaus mehr für qualitätsvolle Nahrungsmittel ausgegeben als beispielsweise in Deutschland. – Ja, was ist eigentlich mit der alten Germania los? Hat sie sich bunter gewandet? Hat sie etwa bessere Laune bekommen?

Aber ja. Spätestens 2006, angesichts der exzessiven Freudenäußerungen während der Fußball-Weltmeisterschaft, hat die Welt verstanden, dass sich etwas gewandelt hat. Nennen wir's ruhig Imagetransfer. Das südliche Element, die splendide Gastfreundschaft, auch in Deutschland, zumal in Baden immer schon vorhanden, wischt den alten Muff beiseite. In puncto Lebenskunst haben die Deutschen dazugelernt – dafür sollten sie dankbar sein, zuvörderst ihren Nachbarn. Es darf behauptet werden: So gut wie jeder Spitzenkoch hat in Frankreich drüben oder in der Schweiz gelernt, und wenn er nicht selber dort war, wurde ihm die Kenntnis der höchsten Verfeinerungen der Küche doch durch einen ausgewiesenen Vermittler zuteil.

Wir haben gesagt privilegiert. Das ist die eine Seite: Schöpfen wir aus dem Vollen!

Und die andere? Auch das haben wir anzudeuten gewagt: schierer Idealismus. Der Begriff ist durchaus ernst zu nehmen, sogar in einem philosophischen Sinne. Es geht um einen Auftrag, den man um den Verlust seines Seelenheils gar nicht ablehnen kann. Seit die alten und neuen Klassiker das Schöne – Wahre – Gute beschworen, sollte uns bewusst sein, dass hier von einem Drang, vom Willen zum Höchsten die Rede geht. Alles wird uns abverlangt, aber der Lohn ist unvergleichlich. Bedenken wir: Schon die erste Weltkarte, auf der „America" als vierter Kontinent verzeichnet ist, war eine 1507er-Koproduktion des Badeners Waldseemüller mit dem Elsässer Ringmann. Wenn das mal keine Fahrensleute für eine Sternenreise sind! (Die Druckstöcke, liebe Freunde aus Helvetien, stammten ganz bestimmt aus Schweizer Präzisionsfabrikation ...)

Kehren wir noch einmal zu Brillat-Savarin zurück: „Der Göttin Gastronomia weihe ich die erste

Rauchsäule, der jungen Unsterblichen, die, kaum gekrönt mit einem Sternenkranz, schon ihre Schwestern übertrifft, gleichwie Kalypso den Kreis der Nymphen um Haupteslänge überragt." So viel Pathos und Emphase soll uns nicht daran hindern, auf der Reise herrlich zu entspannen ... und sei es bis zur Unkenntlichkeit. Denn bei allem Formbewusstsein, aller Vollkommenheit: Das gemeinsame Ziel der Aktiven, die vor, hinter und in der Küche tätig sind, ist unser ganz persönliches Glück.

DESSERT

Heilsbringer

Wir hatten nicht einmal Dessert bestellt. Nur einen Kaffee oder Espresso. Was dann kam, konnte niemand erahnen, selbst habituelle Sterne-Reisende nicht. Freund Alexander stieß, ganz gegen seine Natur, eine Art Jammerlaut aus. Eine Glücksklage, sozusagen. Angelegentlich fuhr die Bedienung herum, Sorge im Blick, dann verstand sie: Parallel hatten wir unsere Antlitze vor Verzückung nach oben verzogen. So was war seit dem Hl. Hieronymus nicht mehr vorgekommen. Ein siebenfaches Nachtischlein ward präsentiert, auf Schiefer, nebeneinander aufgereiht, vielschokoladig; mehrfruchtig; verspielt; produkttreu-pur; geschichtet, geschäumt, getürmt und gepudert. Alles virtuos: „Brava!“, riefen wir enthusiasmiert Richtung Küche. Und meinten Douce. Douce Steiner selbstverständlich, erste Zwei-Sterne-Köchin Deutschlands. Wir hätten ihr fünf von drei möglichen gegeben. Was war es denn nun?

Nicht nur die Optik, die Geste großer Gastgeberschaft, das perfekte Ensemble – es war der Käsekuchen. Käsekuchen! Oh Gott, hatten wir schon Käsekuchen gegessen: zum Kaffee, Dessert, auch zum Frühstück, zwischendurch, immer; im Stehen den sagenumwobenen vom Stefan auf dem Freiburger Münstermarkt; den „safdische“ von Annemarie in Frankfurt am Main; Tante Lissabeths gebräunten in traulichem Fachwerk-Stübchen; den sahnigen aus Schielberg und den mit Knuspergrund im Café Niederegger ... Und dann das. Höchstmögliche Steigerung, Vervollkommnung der Käsekuchenseele. Ein Schock, unheilbar, weil heilsbringend. Mama!

Dessert hieß früher Nachtisch. Aber was war denn das für Nachtisch in den 70ern, um nur ein Jahrzehnt aus der Kriegstrauma-Bewältigung heranzuziehen? Pudding. Schoko oder Vanillje, selbst geköchelt (inklusive Klümpchen), eventuell mit Sahne. Weincreme aus der Packung, „gelingt garantiert.“ Fürst-Pückler-Eis, hartgefroren. „Flair, das besondere Dessert.“ Mändelchen-Pudding mit Schlehenlikör. Obst, eingekocht, stark adstringierend, gerne mit Kondensmilch, Zuckergeknirsche inklusive. Eis mit heißen Himbeeren. Irgendwann kamen die Mousse au Chocolat ... Tiramisu ... Panna cotta ...

Oh, was vernehme ich da? Wohinein schaue ich? In neutrale Mienen. Süßes, muss das sein? Ah, Männer ... Doch schon geschieht ihnen Rettung. Der smarte Ober kommt wie gerufen: mit dem Käsewagen. Welche Vielfalt, welch üppiges Duftgemisch!

Von einem Restaurant im Elsass weiß man, dass immer mal ein paar Tage zugesperrt wird – und zwar dann, wenn der Club der Käsefreunde getagt hat. Es dauert eben so lange, bis die Ammoniak-Verbindungen aus der Luft wieder verschwunden sind … Man kann alles übertreiben, aber nicht die Vielfalt der Käsesorten. Und wenn es von jedem nur eine Messerspitze ist, oh göttliches Vergnügen, diesen Reichtum mit frischem Brot und entsprechenden Weinen zu kombinieren!

Hunger hat natürlich niemand mehr. Die Nachspielzeit läuft ja bereits. Doch wie im Fußball kann noch jede Menge passieren. Eigentlich geht es jetzt schon in die Verlängerung, Thema des letzten Kapitels. Die Körperhaltung hat sich deutlich verändert; die einst weit vorgebeugten Neugiernasen sind ziemlich zurückgesunken. Ein Zeichen von Wohlgefühl.

KINDERKARTE

Duft

Die lustigste Gasse der Stadt führte zum Marktplatz. Hier konnte man die feinsten Dinge bekommen – auch dann, wenn der Wochenmarkt schon geschlossen hatte. Neben der Bäckerei lag die Metzgerei, gegenüber dem Fischladen das Gemüsegeschäft ... und hinter Frau Waldenmüllers Blumenhaus duftete Leberecht Honnefelders im ganzen Land berühmte „Käse-Glocke" vor sich hin. Niemand seit Anbeginn der Zeiten kannte sich mit Käsesorten so gut aus wie Leberecht Honnefelder, mehr noch: Er liebte sie. Es konnte vorkommen, wenn ein Kunde gerade den Laden verlassen hatte, dass er sich zu einem Käschen herniederbeugte und es streichelte. Dabei lächelte er. Und das Käschen lächelte zurück.

Im großen Ganzen verstanden sich die Käse in der Theke recht gut miteinander. Sicher, aufgrund ihrer unterschiedlichen Herkünfte kam es bisweilen zu Verständigungsschwierigkeiten. Auch konnten nicht alle einander gleich gut leiden. Der Handkäse zum Beispiel, ein etwas ungeschliffener Geselle, mochte den mit Honig gewürzten Gulbransendal aus Norwegen nicht besonders. Er fand ihn so verschlossen – was nicht zuletzt darauf zurückzuführen war, dass der Norweger fast nie gekauft wurde und folglich noch in der Verpackung steckte.

Einmal, an einem Samstagnachmittag, wurde der Käsefrieden empfindlich gestört. Herr Honnefelder hatte eben den Laden abgeschlossen und seinen Käsen ein gutes Wochenende gewünscht, da rollte infolge einer Erschütterung, die durch das Zuziehen der Tür entstanden war, ein badisches Ziegenkäschen von seinem Platz und kullerte schließlich in den Lüftungsschlitz. Das Kleine entfaltete sogleich die allerschlimmste Hektik und rief unterunterbrochen „Heidernei!" und „Alla guck emol do!" und solche Dinge mehr. Die anderen Käse blickten beklommen unter sich. Der derbe Handkäs motzte: „Kerle naa, des kann was gebbe ..."

Alsbald entstand ein aufgeregtes Geplauder, untermalt vom beständigen Jammern und Schelten des Ziegenkäschens.

„Ös kömmt von dör Ektik", wandte sich der Camembert, ein kräftiger Brie de Meau, an einen britischen Blue Stilton, der pikiert sein Haupt aus einer Portwein-Badewanne hob.

„Es ist", gab dieser zur Antwort. „Nervosität und Gezappel haben noch selten zu Kulturfortschritt geführt."

Zuerst erahnte der zum Überblick befähigte Schweizer Bergkäse die bedrohlichen Vorgänge, welche sich nunmehr anschließen sollten: „Ichch glaube, es ischt sähr warm auf einmal, oddr? Lüeget mal, wie ichch schon schwitz, hä?"

„Näi, näi, näi", pienste da der norddeutsche Budderkäse, „da schmiltzt eim ja glatt die Rindeee wech."

Während der italienische Taleggio schon sein Ende herannahen fühlte und zu beten begann – „Mamma mia, isse dasse eine Itze ..." – und der griechische Schafskäse zu mehr männlicher Entschlossenheit aufforderte, entdeckte ein Backsteinkäse aus dem Bayerischen die Ursache für die Klimaveränderung: „Jo Herrschaftszeiten! Der kloane Kaas do is joa auf'd Lüftung aufig'rollt!"

Auf den Flügeln der Panik verbreitete sich die Schreckensnachricht in der Käsetheke. Vor lauter Angst begann ein alter, schon etwas tütteliger Gouda Salzperlen zu weinen. Nur den Odenwälder Kochkäse, ohnehin von eher träger Natur, focht all die Aufregung nicht an. Geruhsam dehnte er sich in seinem Schälchen.

„Männä, alles heert uff mein Kommando!", verschaffte sich der Handkäse Gehör.

Einige waren damit durchaus nicht einverstanden, so der temperamentvolle Brie de Meau, welcher murrte: „Mon Dieu, eine proletarischö Andkösö will ünsere Capitaine sein? – Ünmöggliisch!"

Doch der magere Frankurter vermochte es, seinen Vorschlag durchzusetzen: „Kinnä, mir habbe nur ei Schangs. Als Käs kenne merr uns net rihre. Unser aanzisch Ausdrucksweis is dufte. Also dufte merr um die Wett, bis uns aaner erhöre, äh erriesche dut un uns Reddung bringt!"

Wahrhaftig, eine solche Duftwolke war in der kleinen Marktgasse noch niemals erschnuppert worden. Der Wohlgeruch stieg hinauf bis ins Wohnzimmer des Leberecht Honnefelder, der sich's soeben vor dem Fernseher gemütlich gemacht hatte. Wie er also so dasaß und die Fußballübertragung verfolgte, begann er auf einmal zu schnüffeln ... und es rührte sich in ihm der Wunsch nach einem Spätstück. Er wartete die Halbzeitpause ab und huschte hinunter in den Laden.

Oh, wie erschrak da der Käsefreund, als er das Elend seiner Schätzchen erblickte! Einige hatten sich dermaßen mit dem Duften verausgabt, dass sie schwitzend in die Breite gegangen waren. Unter anklagend hervorgeschnieftem „Das iiist niiischt möhr witziiisch!" hatte der Brie sogar begonnen, über seinen Tellerrand hinauszulaufen.

Rasch erkannte Leberecht Honnefelder die Ursache, schnappte das Ziegenkäschen ... und empfand augenblicklich, es weise just die richtige Temperatur für seine kleine Abendspeise auf.

In dieser Sekunde sprang die Kühlung wieder an.

Die geretteten Käse ließen den grüngoldenen Gevatter Handkäse hochleben für seine Tatkraft. Wiewohl – oder aber weil – er der Preisgünstigste von allen war, hatte er doch die meiste Entschlussfreudigkeit bewiesen. Der Blue Stilton ließ sich sogar herbei, eine Helden-Hymne aus der Heimat des Handkäse anzustimmen, und alle (außer dem dösenden Kochkäs) fielen ein: „Lieb Vaterland, magst ruhig sein, ich hab den Bauch voll Ebbelwein, drei Handkäs mit Musik dabei, lieb Vaterland, bye-bye."

Outdoor-Autor Kolk Sibirski auf Kochkäs-Pirsch im Odenwald

Es wäre vielleicht gar nicht nötig gewesen. Doch der Blick auf die Landkarte hatte mich vorsichtig gemacht: Besser ist besser. Der Hubschrauber kreiste stundenlang über dem Hochplateau, bis ich die Geduld verlor und absprang. Während des Fluges stellte ich mit Behagen fest, dass ich den Fallschirmrucksack dabei hatte. Ich riss an der Leine. Unter mir: nichts als Wälder. Dazwischen: Weiden. Darauf: Kühe. Daneben: Streuobst. Darin: ich.

Ungeachtet einer verängstigten Jungbullenherde, sprang ich vom Apfelbaum, raffte den Fallschirm zusammen und stiefelte los. Einige Jahre zuvor sind ein paar Kollegen verschollen: beim Versuch, Schannenbach von der Ebene aus zu erpirschen. Im Sommer war das natürlich Wahnsinn. Das Gronauer Tal hinter Bensheim endet in einem steil ansteigenden Urwald, die Wege sind von Lianen verhangen, es gibt Tiere und Feuchtigkeit, aber kein Wasser. Vermutlich sind die armen Schweine einfach irgendwo hängen geblieben und von Riesenschlangen gefressen worden.

Mir selber ward ein anderes Schicksal beschieden: Ich kam direkt am neugestalteten Gemeinschaftszentrum der Freiwilligen Feuerwehr Schannenbach heraus. Schannenbach ... Ich hatte es einmal wieder geschafft! Mein Jubel scholl die Fachwerkgassen hinauf und hinunter, aber mehr noch hinauf. Optisch hat man sich auf schwarzweißgestreift geeinigt, wahrscheinlich sind hier alle Eintracht-Fans, gehört ja zu Hessen. Niemand war unterwegs. Kein Wunder: Wenn die Einheimischen nicht der Landwirtschaft obliegen, sitzen sie im „Odenwald."

Dem Gasthaus, meine ich. Sein Handkäs und sein Gärtchen sind gleichermaßen sehenswert. Doch kaum konnte ich glauben, was ich im Eingangsbereich vorfand: eine echte Dorfgasthaus-Backstube! Zwanzig Bauernbrote, noch heiß, wurden soeben in die Regale gehoben. Mehrere Bleche Streuselkuchen dampften buttrig. Mir schwindelte. Enthusiasmiert frug ich die Bäckersfrau, ob sie mich heiraten wolle, jetzt, auf der Stelle. Leider beschied sie die Anfrage abschlägig: Ihres Gatten sei sie trotz sechzigjähriger Ehe noch lange nicht überdrüssig.

Nun, ich zog meines Weges. Auch dieses Dörfchen sollte nicht das Dorf meines Lebens werden. Auf der Gasse traf ich einen vorübereilenden Bauernhof, der Apfelwein ausgeschildert hatte. Ich erwarb einen Kanister vom Sauersten und begab mich in einen Hochwald. Nach 4,5 Litern war mein Kummer gemildert.

Etliche Meilen später sah ich ein weiteres schwarzweißgestreiftes Örtchen zwischen Streuobstwiesen dahinkriechen: Seidenbach. Vielleicht würde ich hier mein Glück machen. Die Wirtin ehelichen. Und fürderhin auskömmlich vom Kochkäsanbau leben. Die gelben Schwabbeldinger gedeihen, so wurde mir berichtet, austernartig an geschützten Felshängen. Man kann sie auch auf Plantagen züchten, dann verlieren sie aber das Aroma. Vor allem, wenn sie mit Essig und Zwiebeln in Kontakt kommen.

ZIGARRE, KAFFEE, HIMBEERWASSER

Lago d'Orta

Beruhigte Fläche. Zigarrenstille.
Stetes Sitzen auf Terrassen.
Luftschnappenden Tagen entgegen.
Oberitalien.

Wenig lesen. Sämiger Kaffee
in schweren Tassen. Ausgleich
für des Zweifels Tiefe.

„Und an dem Horizonte löst der Schnee
der fernen Berge sich

in leisen Duft –"

Impuls zur Verlängerung

Zum Schluss reißen wir uns noch einmal richtig zusammen, ja? Wir stellen die Gesundheitsfrage! Zu diesem Behuf begeben wir uns in einen dieser widerwärtig patriarchalen Art-Déco-Vintage-Ledersessel, entfachen eine dieser von Raubtierkapitalismus und Chauvinismus durcharomatisierten Zigarren mit Riesen-Ringmaß, lassen uns einen nach Unterholz und Hirschleder duftenden doppelten Espresso bringen und dazu noch einen Armagnac, Malt Whisky oder meinetwegen Waldhimbeerbrand – und fangen an zu plaudern. Ist das schlimm? Es ist herrlich! Um einen Zen-Meister zu zitieren: „Welche Art von Meditation man für sich findet, ist belanglos." Also. Statt im Stadtpark die Leute mit Yoga-Verrenkungen zu verstören, bleiben wir brav am Kaminfeuer sitzen und lassen die Gedanken schweifen, „in der Weise eines ruhig rauchenden Betrachters", wie Brecht besagten Vorgang zu bedichten wusste.

Selbstverständlich, es geht um Genuss und Maß. Wobei sich die Frage stellt, ob ein stets mäßiger Genießer wirklich unbedingt auf Erden hat kommen müssen ... so wie die Antwort sich von selber gibt, dass maßloses Genießertum geradenwegs in den Untergang führt, nicht nur für den Wüstling, der dies verursacht, sondern auch für die Opfer seines Lebenswandels. Allem Zynismus wollen wir entsagen und dekretieren also: Wahrer Genuss geht gar nicht ohne Ethik. Man müsste sich schon früh verpanzert haben, um die Brutalität zu leugnen, die in gewissen Konsumakten liegt, für sich und andere, das hängt nun mal zusammen, und um das zu erkennen, muss man weder Ökoaktivist sein noch Ökotrophologin.

Noch einmal greifen wir auf Adorno zurück, der das Misstrauen schildert, welches „einem bestimmten Gestus der Männlichkeit" gelte, dem *tough baby*, „alles verachtend, was nicht nach Rauch, Leder und Rasiercreme riecht, zumal die Frauen, die eben darum ihm zufliegen." Kurz gesagt: „Anders als beim Wein, lässt jedem Glas Whisky, jedem Zug an der Zigarre der Widerwille noch sich nachfühlen, den es den Organismus gekostet hat, auf so kräftige Reize anzusprechen."

Dennoch müssen wir konstatieren, dass unsere Hochkultur zu gleichen Teilen aus Tabak, Coffein und Alkohol zusammengesetzt war. Seit die Leute Grünen Tee trinken, ist noch kein Zauberberg geschrieben worden.

Kommen wir endlich aufs Thema zurück, Entschuldigung. Der Brauch, sich nach vollendetem Menü nicht gleich zu trennen, sondern sinnend und trachtend beisammen zu bleiben, die gula, Todsünde der Völlerei, schlicht ignorierend, leitet sich aus dem Tafelerlebnis selber her: Es ist noch etwas übrig, weder Speiselust und Hunger schon gar nicht, aber es hallt ein Nachklang, ein spezifisches Kommunikationsbedürfnis, das streng logisch, wenn alles gelungen war, einen Impuls in sich trägt – nicht nur den zur Verlängerung, sondern der Wiederholung.

So kommt es vor, dass gediegene Mittagsrunden des Abends immer noch zusammensitzen und auf einmal wieder Appetit bekommen. (Man denke an die tagelangen Hochzeitsfeierlichkeiten gewisser Renaissance-Pärchen.)

In diesem Sinne bleibt uns gar nichts übrig als den zarten Hinweis „Iss auf, der Koch kommt!" als Lob an Küche und Tischgesellschaft sowie als vollkommen natürliche Reaktion zu begreifen, die nur bei artgerechter Haltung sich einstellt.

KINDERKARTE

Gagges und Katinka

Lübeck – Travemünde

Bisweilen erscheint es unumgänglich, ethische Grundsätze zugunsten höherer Ziele über Bord zu werfen. Entschlossenheit, Mut und Selbstbewusstsein sind hierzu nötig, zumal wenn die umgebende Allgemeinheit die Entscheidung entschieden missbilligt. Tatsächlich muss Gagges ab und zu mit der Hand wedeln, um Katinka noch erkennen zu können. Es ist ja nicht oft, dass er sie so zuqualmt. Die Kleine jedenfalls scheint ihren Spaß zu haben, saugt ausgesprochen cool an einer zusammengerollten Serviette.

Es ging nicht anders. Die Hermannshöhe ist eine Provokation für Zigarrenraucher. Nicht genug zu loben der weltzugewandte Sachverstand der einstigen Erbauer: Ähnlich lang gezogen wie der Royal Crescent im südenglischen Bath, gestattet das Aussichtscafé von so gut wie jedem Tisch den ruhevollen Blick über die Bucht. Wenn Schiffe auftauchen, brummelt Gagges Seemannslieder. Wechselweise ist Katinka Kapitän, Seeräuber oder Meerjungfrau.

„Sipp-zehn Mann aus des müden Manns Mütze", variiert sie den rumreichen Shanty. Und Gagges schwenkt das Glas dazu; von den nordischen Dunkelbieren ist er immer wieder beeindruckt – der Name „Rommeldeus" für ein besonders leckeres kommt ihm nun doch ein wenig heikel vor ...

Die Herfahrt war reines Vergnügen. Mit steigender Spannung – bei jeder Pfütze: „Ist das da jetzt ein Meer?" – hatte man sich der Küste genähert. Und dazu Knusperfisch-Stücke mit Dillrahm geschmaust. Wenn es um den Erhalt der Krossheit geht, bevorzugt Gagges die „Chinesische Panade": Zwei Eier mit 50 g Maisstärke verquirlen, Fisch in Stücken durchziehen und kräftig backen. Für den Dipp durfte Katinka den Dill zupfen. Einverstanden mit dem Geruch, hatte sie jedoch die „Fusseligkeit" zu bemängeln. Also fein durchkurbeln und mit Sauerrahm, Salz und einem Löffelchen Dijon-Senf vermischen.

Übrigens hatten die Leute im Nahverkehrszug die Orgie gelassen hingenommen. Unbedingt wollte Katinka ein „Stickerl Fisch" für die Möwen übrig lassen. Gagges, der zum finalen Haps bereits die Kiefer aufgerissen hatte, schluckte das im Mund zusammengelaufene Wasser wieder hinunter. Kindlicher Fütterfreude zuliebe kann man einen erwachsenen Magen schon mal enttäuschen.

Wem an einem Strand – und sei's an einem winterlichen – nichts zum Spielen einfällt, dem ist sowieso nicht mehr zu helfen. Katinka hatte die Reihenfolge festgelegt. Erst Nachlauf, dann Verstecken (sehr lustig: wo denn?), dann gestrandete Kleinfamilie („Ich bin ich und die Mama und du bist einfach du!"), schließlich „Haschlamitz" (?) – mit dem Ergebnis, dass Gagges die Ermattete die Klippen hinauftragen durfte. „Als Baby" natürlich, also in der mit Abstand rückenfreundlichsten Tragehaltung. „Katinka Baby soo durstig. Papa sneller tragen."

An der Strandpromenade sucht Katinka die geeignetsten Villen aus, in denen sie später mal wohnen wird. Es sind schon ein paar ganz nette dabei; Gagges stellt sich vor, wie Tochter zusammen mit Mama die Belle Etage bewohnt und er im Souterrain eine Heringsbude betreibt.

Auf dem Weg zum Bahnhof wird noch ein meerfarbenes Schälchen gekauft, handgetöpfert und wunderbar leicht. Mit welcher Achtung und Liebe wird Katinka in etlichen zwanzig Jahren daraus trinken und an ihren guten Papa denken! – „Ist zu rau. Der Rand von der Schale da." Katinka trinkt den Sprudel lieber aus der Flasche.

Als die Türme Lübecks im Grasland auftauchen, fällt es Gagges nicht schwer, die Daumenlutscherin ganz mit hineinzunehmen in das Gefühl der nach langer Meerfahrt heimkehrenden Seeleute. Unter all den Erzählungen von frohen Weinschiffern und salzverkrusteten Heringsfahrern gefallen Katinka die Klabauter-Geschichten natürlich am besten. So hat es Gagges einigermaßen schwer, beim Besuch der altberühmten „Schiffergesellschaft" das Klabauterkind davon zu überzeugen, dass hier wilde Streiche und lautes Gekreische vor 00.00 Uhr eher unangebracht sind. Außerdem ward eine andere, nicht minder würdige Stätte zur Abendverköstigung ausersehen. Die klafterhohe Überlegenheit norddeutscher Tischkultur zeigt sich wohl nirgendwo so deutlich wie im „Lüb'schen Ratskeller". Hier speist man in holzgetäfelten Nischen, kleinen Separées; wenn man was Diskretes zu sagen hat, schließt man einfach die Tür, und die unverkrampften Kellner nähern sich erst wieder bei Wiedereröffnung. Es muss nicht näher beschrieben werden, dass Katinka an diesem Abend jede Menge heikler Themen einfallen, zu deren geheimnisträchtiger Beflüsterung das Türchen immer wieder geschlossen werden muss.

Es ist eine Freude, wie eigenwillig und unverbildet durch dröge Geschmacksurteile sich Kinder den anspruchsvollsten Speisen zu nähern wissen. Ganz besonders fällt derlei bei optischen Knüllern wie dem hanseatischen Labskaus auf. Katinka lobt die rötlich- violette Färbung der Pökelfleisch-Kartoffel-Rote-

Beete-Pampe als „himmelsschön“, mampft wie eine Verrückte, ist überdies entzückt von den skurrilen Beilagen – Matjes, Gurke, Spiegelei, sauer eingelegte Rote Rüben – und muss hinterher nicht einmal „brichen.“

Für Gagges neigt sich ein wunderbar gelungener Tag dem Ende zu. Während Katinka unter dem Thomas-Mann-Portrait allgemach eindöst („Du bist müde, deswegen sagst du immer, ich wär's, nämlich.“), lehnt er sich zurück und lauscht der Stimme des Rotspons, den Anekdoten und Romanen aus alter Zeit, denen weitere Kapitel hinzuzufügen eine der vornehmsten Aufgaben für Genussmenschen darstellen muss.

Das Märchen von den am goldensten Nüssen

Es waren einmal – und es ist nötig, diese Geschichte als Märchen zu erzählen –, es waren also – und sind zum Glück immer noch und werden hoffentlich noch ein Weilchen bleiben – drei rüst'ge Gesellen, die mehr noch als ihr asketischer Beruf ihre schlimme Verfressenheit einte. Ansonsten fielen sie ganz unterschiedlich aus: Der Erste, ein Erich, hatte einen schönen Bariton, mit dem er allsonntäglich die frommen Leute im Gottesdienst erbaute; der Zweite, Ronny geheißen, liebte die Kinder, weswegen er alljährlich ein neues zuwege brachte; der Dritte, der Jockel, aber war ein Dichter, der, obgleich nie eine Zeile von ihm erschienen war, täglich mit einer fürstlichen Auszeichnung rechnete, mindestens dem Büchner-Preis.

Die drei also schafften und werkten in einer graubraunen Stadt, über der sich braungraue Brücken wie Würgeschlangen ringelten und alles Leben darunter erstickten.

Da sprach der Erste: „Lasst uns davonziehen, Kameraden!"

Der Zweite aber frug: „Ja gern, wohin denn nur?"

Doch der Dritte wusste Rat: „Na dahin, wo alle schon immer hingezogen sind: in den Süden!"

„Oh ja," jubelte der Zweite wieder: „Gen Italien!" Und warf seinen Wanderstab in die Lüfte.

Man suchte am Himmel die Richtung, doch die Sonne mochte die grauen Wolken, die heute ein wenig ins Bräunliche spielten, nicht durchdringen. So liefen sie denn ein Weilchen in die Irre, bis sie schließlich an den Rhein kamen. Frohgemut wanderten sie den Strom hinauf. Alsbald drängten von links die Schwarzwaldberge heran, indessen sich rechterhand die Vogesen vornehm zurückhielten. Der Erste, der sang sich ein Ständchen, während der Zweite nach den Mädchen am Wegesrand Ausschau hielt, und der Dritte wollte ein Wanderlied erdichten, allein, es tät ihm rein gar nichts einfallen.

Doch wie es in der Niederbadischen Schweiz so heißt, wer tüchtig ausschreitet, dem wird bald der Beutel leer und der Magen nicht minder. Die Vorräte also waren längst aufgezehrt, und ein urgewaltiger Durst plagte die Armen, die Sonne aber, von aller Wolkenlast befreit, brannte herbstkräftig und kannte kein Erbarmen. Da traf es sich gut, dass sie in der Ferne einen Hut liegen sahen, einen rechten Heckerhut, den wohl ein Revolutionär 1849 dort vergessen hatte. Mithin, im Näherkommen wurde der Hut immer größer, wuchs und wuchs und stellte sich bald als gar liebliches Mittelgebirglein heraus, der Kaiserstuhl geheißen.

Kaum waren sie eingedrungen, befanden sie sich auch schon auf dem bucklichsten, hutzelichsten Marktplatz, der sich denken lässt, und siehe da, eine Metzgerei wie, je nun, aus dem Märchenbuch tat sich auf. Da gab es ein Schlemmen und Schlampampen, wie es das Örtchen Endingen seit der Belagerung durch Othmar, den Feinfühligen, nicht mehr erlebt hatte und, lange Würste in Mund und Händen, taperten die drei, kantapper-kantapper, von Gasthaus zu Gasthaus und lasen die Speisekarten.

„Hier“, sprach der Erste, „will ich mir's wohl sein lassen!“

„Hier“, sprach der Zweite, „will ich ein Eheweib freien!“

„Hier“, stimmte der Dritte ein, „will ich meine alten Tage beschließen!“

Die zwei Mitbrüder sahen ihn zweifelnd an, da er doch noch stets in einer Art Notblüte seiner Jahre stand.

Über dem waren sie durchs Stadttor geschritten und zogen mal wieder nach Altväterweise durch Obstwiesen, unter Nussbäumen hin und dann wieder durch Obstwiesen, Nussbäume, Obstwiesen (...), wo gar manches Äpfelchen ungefragt in ihre Schlünde hüpfte. Wohl vermochten die saftig platzenden Rotbacken für den Moment den durch gedarrte Würste und langen Anmarsch angefachten Urdurst momentweise zu mildern, doch als sie zu Königschaffhausen die Fassade des „Ochsen“ erspähten, war kein Halten mehr, und immer wieder musste die Schankmagd die Krüge mit Riegeler Bier auffüllen, was auf die Dauer einen üblen Hunger hervorrief, der durch tischplattengroße Brägele-Teller mit herrlich saurem Leberle füglich gestillt wurde.

Da die Gesellen aber keine Schlappschwänze, sondern, wie erwähnt, gar rüstig und ausdauernd waren, sah die dem zweiten hinterherwinkende Schankmagd alle drei schon bald wieder fernhin Richtung der finsteren Wälder fortziehen. Oh, was wurden sie malträtiert von der Steilheit der Pfade, von frech im Wege lagernden Stümpfen und Strünken, und erst als sie den Pass erklommen hatten und auf die wie quergestreifte Pullis über den Felsen hängenden Weinberge hinabsahen, da ward ihnen wieder wohl ums Herz, und der Drang erwachte ihnen, alsbald zu kosten, was fleißiger Winzer Hände aus solchem Traubengute wohl gewönnen.

Wie sie nun so frank und fröhlich zu Tale wandelten, machte sich der Erste einen Schabernack und beschrieb die Wonnen eines Schäufele mit Kartoffelsalat, derer er einst teilhaftig geworden, so plastisch und drastisch, wobei er das Fleisch als besonders elastisch, den Kartoffelsalat aber als unvergleichlich fantastisch pries, so dass die von Visionen heimgesuchten Mitwanderer sich gar bald in Krämpfen wanden.

„Alsdann", sprach der Erich, „mit Mariens und aller Heiligen Hilfe wird auch uns ein solches Glück einmal zuteil werden!"

Sogleich wollte der Dritte einstimmen, doch ein Hungerkrampf warf ihn abermals nieder, und des Sprechens ward er nimmer mächtig. Froh darob, halfen ihm die zwei anderen auf, und so führte sie ihr Weg in Oberrotweils Mitten. Unschlüssig, wohin sie sich wenden sollten, erspähten sie auf einmal ein Gutshaus, wohl mit Efeu bewachsen und gar heimelig, und der Dichter unter ihnen rief:

„So hatten sie's in Träumen wohl gesehen, und jeden schaut's wie seine Heimat an!"

Das war zwar geklaut, doch die anderen merkten's nicht, und schier hoffnungstrunken läuteten sie die Glocke.

Schon bald ward ihnen aufgetan, und ein gastfreier Hund von wundersamer Art kam ihnen entgegengewedelt. Wie sich herausstellte, ließ der Gutmütige auch ein paar Menschen bei sich wohnen, die dem Weinbau, teils stehend, teils kauernd, oblagen. Die mit allen Gaben der Gastfreundschaft gesegnete Familie tischte bald Wein und Speise auf,

dass es eine Art hatte. Da standen Pastetchen und Speckdatteln, allerlei Häppchen und schließlich gab es noch einen Flammkuchen, wie die drei zuvor noch keinen geschmaust hatten. Als sie aber vom Weine kosteten, so wurde es helle in der staubigen Kellerkammer ihres Innern, denn es ward die Fackel der Freude in ihnen angezündet. Nein, so trefflich waren die Gesellen selten geletzt und geatzt worden, und – eiderdaus! – zum Schlusse gab ihnen die tüchtige Hausfrau, die im Nebenberuf vermutlich eine Fee war, noch je ein Säcklein voller Walnüsse mit, nicht ohne den Weg zu weisen zu einer der lobesamsten Schäufele-nebst-Kartoffelsalat-Zubereitungsstätten im Lande.

Es war dortselbst aufgetragen ein gar goldenes Schäufele, nur der Kartoffelsalat war noch goldener. Nach etlichen Humpen vom ländlichen Wein sanken sie zufrieden nieder, vermutlich in keinem Heuschober. Als am nächsten Morgen, da sie die Kuppe eines Weinbergs erklommen hatten, der Moment der Trennung nahte, ward ihnen wehe ums Herz. Doch tapfer wünschten sie einander Glück und zogen mit den Säcklein ihrer Wege. Die Nüsse aber darinnen, so schien es ihnen mit einem Mal, waren die goldensten: Denn die gastfreie Wirtin hatte ihnen das reinste Gold mitgegeben, und sie wussten nicht aus noch ein.

Der Erste nun, der Erich, lustwandelte von Weingut zu Weingut und kaufte immer die teuersten Flaschen, so dass sein Beutel bald schlaff und leer war; der Wein aber, den er erworben, wurde ihm von rauen Burschen weggesoffen. Dem Zweiten, dem Ronny, erging es nur vorübergehend besser, denn in der schönen Stadt Freiburg winkten ihm noch schönere Mädelein aus den Fenstern zu, und so kullerten die Nüsse Stück für Stück aus seinem Säckchen heraus. Was aber den Dritten anging, den braven Jockel, so dauerten ihn die Bettler am Wegesrand, und er tat's nicht eher, als bis all seine Nüsse weggeschenkt waren.

Wie auf Verabredung fanden sie sich eines Abends wieder ein, es war ein volles Jahr herum, bei dem zauberischen Hund und der Weinbauern-Familie, welche er beherbergte. Da lächelte ihre Wohltäterin weise, verschwand ins Nebenstübchen und kam mit einer einzigen Nuss zurück, die glänzte noch schöner als die vorigen. Mit der Ermahnung, man möge für diesmal doch klüger mit dem Goldschatze walten, verabschiedete sie die Wanderer, die an diesem Tage gar nicht mehr weit wandern mussten. Denn am Ortsausgang fanden sie ein schräges Winzerhäuschen mit drei Stockwerken, gar wonnig unter einer Lösswand gelegen, auf dass sie im Sommer Schatten hätten. Es kostete das letzte Nüsschen.

Da lebten sie denn friedlich und machten einer nach dem anderen ihr Glück: Der Erich fand eine Aushilfsstelle in einer drittklassigen Schauspieltruppe, der Ronny kam bei einer Milchmagd in Stellung, die ihm schon bald ein Knäbelein gebar, der Jockel aber begann zu dichten: „O frischer Duft, o neuer Klang! Nun, armes Herze, sei nicht bang, nun muss sich alles, alles wenden!“

Das war leider auch nicht von ihm. Außerdem handelte es sich um kein Herbst-, sondern um ein Frühlingsgedicht. Er hatte es verwechselt.

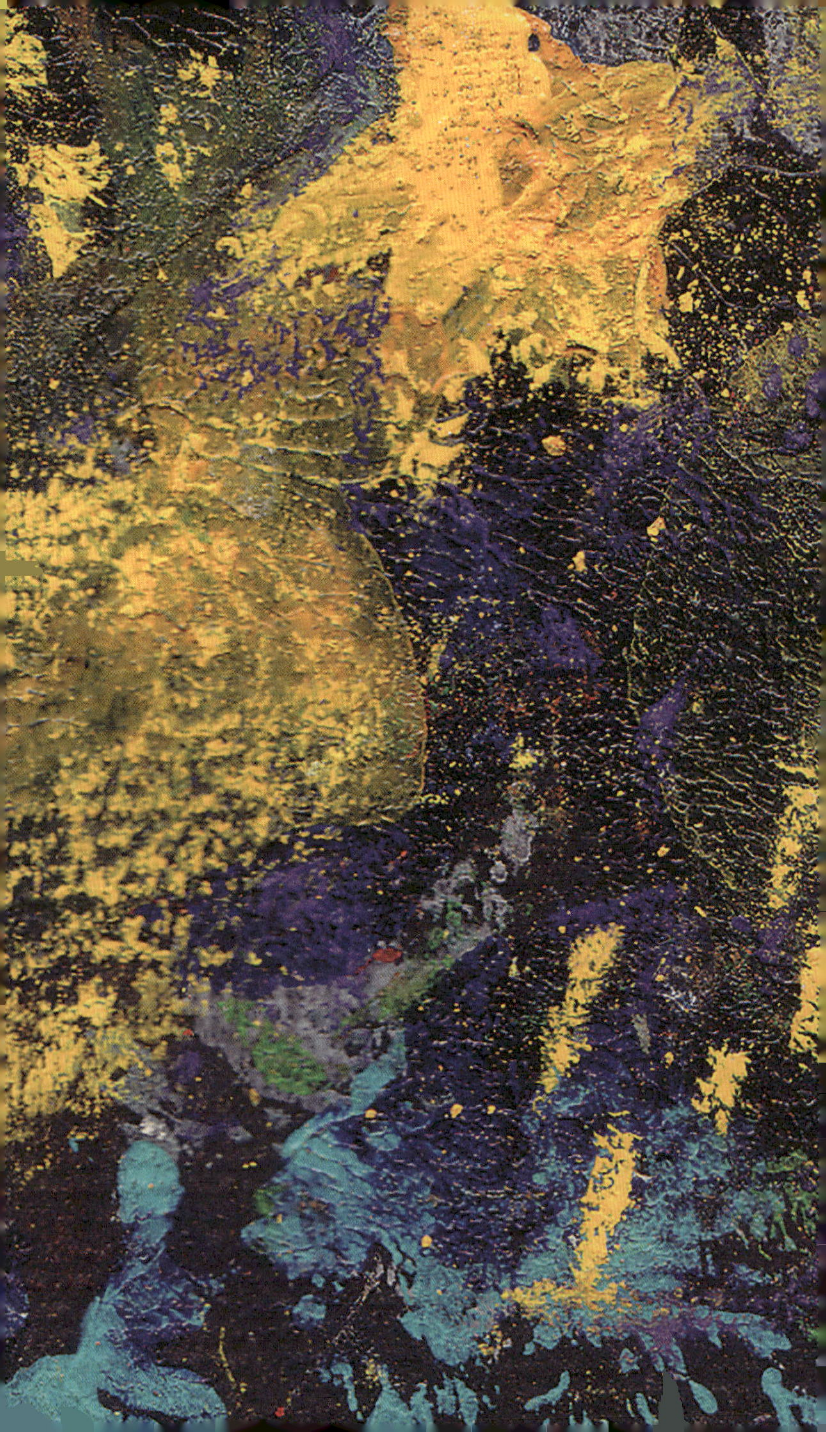

Das sind die Stunden

Das sind die Stunden, derentwegen
Man schier vor Glücksverwunderung
Den ganzen Lorscher Bienensegen
Auswendig lernt auf einen Schwung!

Schon bald hörst du den Honig rinnen ...
Die Waben sind fast wieder voll,
Und aus der Galaxie da drinnen
Dringt dein Chanson ... son ... sans paroles.

232 Seiten
Paperback
ISBN 978-3-88190-742-2
13,80 Euro

Den Berliner Weinhändlern von „Wein & Vinos" ist ein vorzügliches Geschäft geglückt: Bartomolé Talavera, eigenwilliger Winzer aus der Meseta, verkauft zwei Fässer seines besten Jahrgangs zu überraschend günstigen Konditionen. Kurz darauf muss er sein Weingut schließen; er ist zu alt, die Nachkommen zeigen kein Interesse. Die Krise packt ihn. Dennoch gehört sein gewaltiger Tropfen zu den Knüllern der Saison; die Nachfrage nimmt bedrohliche Züge an. Der Überfall auf eine Vinos-Filiale legt den Verdacht nahe, allein der Wein sei nicht der Grund für jenes überschießende Interesse. Da vernimmt man die Nachricht vom Tode Talaveras und findet Unglaubliches in seinem Roten, als zwei eigenartige Gestalten auftauchen ...

„Hucke ist ein Weinliebhaber durch und durch."
Wochenblatt

„Eine wilde Treibjagd, spannend und anschaulich. Dabei bleibt noch Raum und Zeit für lyrische Einschübe und Blickwechsel auf Land und Leute. Geschickt konzipiert."
Der Kreuzberger

LINDEMANNS
www.lindemanns-web.de

208 Seiten
Paperback
ISBN 978-3-96308-081-4
12,80 Euro

In Ludwigshafen gerät einiges durcheinander: zuerst sitzt ein Toter beim medizinischen Notdienst, dann wird Kurts Mutter entführt und schließlich droht auch noch ein Bürgerkrieg. Mett ist ein Schlüsselroman voller Lokalkolorit, Humor und Spannung, Schorle und Utopie. Ein Genre-Mix aus Krimi, Groteske, Heimatschnulze und Gesellschaftskritik, saftig illustriert von Jürgen Schäfer. Für Krimi- und Wein-Fans gleichermaßen geeignet.

„Mitten aus dem Leben gegriffen.
Allein die Sprache lohnt das Lesen.
Sie ist bildhaft undvon einer poetischen
Schönheit und Eindringlichkeit."
Die Rheinpfalz

„Höchst köstlich, hinreißend ..."
Klappe Auf

LINDEMANNS
www.lindemanns-web.de

Klimaneutral hergestellt
bei der Umweltdruckerei Lokay.
Gedruckt mit Farben auf Pflanzenölbasis
auf Nautilus Classic 100% Recycling-Papier,
zertifiziert mit dem Blauen Engel.

BLAUER ENGEL
DAS UMWELTZEICHEN
WK9
Dieses Druckerzeugnis wurde mit
dem Blauen Engel ausgezeichnet

www.blauer-engel.de/uz195

Lindemanns Bibliothek, Band 371
herausgegeben von Thomas Lindemann

ISBN 978-3-96308-102-6

www.lindemanns-web.de